U0675779

日常生活的重构

Reconfiguration of Daily Life

◇ 濮波——著

ZHEJIANG UNIVERSITY PRESS
浙江大学出版社
·杭州·

图书在版编目(CIP)数据

日常生活的重构 / 濮波著. -- 杭州 : 浙江大学出版社, 2025. 1. -- ISBN 978-7-308-25551-6

Ⅰ. I267

中国国家版本馆 CIP 数据核字第 2024DU8292 号

日常生活的重构

濮　波　著

责任编辑　钱济平
责任校对　朱卓娜
封面设计　雷建军
出版发行　浙江大学出版社
（杭州市天目山路 148 号　邮政编码 310007）
（网址：http://www.zjupress.com）
排　　版　杭州星云光电图文制作有限公司
印　　刷　杭州钱江彩色印务有限公司
开　　本　880mm×1230mm　1/32
印　　张　6.5
字　　数　141 千
版 印 次　2025 年 1 月第 1 版　2025 年 1 月第 1 次印刷
书　　号　ISBN 978-7-308-25551-6
定　　价　52.00 元

写在前面

生活世界被我们忽视已久，又因为其自身的缄默而被历史漠视。不仅在我们的典籍和史书中很难看到它的身影，在传统文化的深处，它也是宏大叙事的附庸。自从西方的形而上学（因其暴力性、谬误性）遭到批判之后，生活世界的重要性逐渐浮出水面。现如今，在大多数人意识到世界竞争对身心的侵害和压迫之现状下，人们对生活世界的建构之欲望、企及之能力、思考之语境，都已经丧失殆尽。

马克思批判过的资本主义社会中的“异化”，不仅没有在我们的生活世界中消失，反而随着近几年全球化的演绎和科技现代化水平的提高，有愈演愈烈之势。

在这个时候，笔者提出日常生活的重构无异于在伤口上撒盐。

但要说明的是，这种行为只是看上去像撒盐而已。实质上，这种盐，正是人类所需要的基本生活能量的来源。正如身体每天摄入一定量的盐，能维持生命一样。

本书迥异于列斐伏尔的《日常生活批判》、马尔库塞的《单向度的人》那样的理论书写，而是用感性之道触摸中国人的日常生活，抵御“异化”（僵化、符号化、象征化），让人回到最高意义的生成者——日常生活的意义生成者的位置。

本书要传达的，正是生活世界存在这种重构的可能性和必要性。在“去西方形而上学”的尼采、海德格尔、维特根斯坦和福柯的哲学路径里，在美国实用主义思想的影响下，本书从“认知”“行动”“时间”“空间”四个板块，构建笔者眼中的日常生活诗学。

序
一天，成为我经营的主题

1

先来讲一个我自己的经历。

我居住在杭州多年，住在这座风光旖旎的历史名城，能够以最便利的方式充分感受她的灵气，以及周边地区的文化氛围。杭州令人进退自如，她一点也不逊色于那被逼到一个三角洲的大都市上海。上海像是一座堡垒，而杭州如江湖，有着奔流的江河、无垠的平川、众多的山陵，它的周边地区则广袤得多。如果你一定要提高上海的地位的话，这些地方，你可以谦逊地称其为“上海的大后方”。但是事实是，在杭州及其周边，实现海德格尔所谓“诗意的栖居”的可能性是极大的。而在拥挤的上海，这几乎不可能。

许多人怀疑这个想法，许多人对我颇有微词，我也知道缘由——我们尚处在现代性的进程之中，许多事情并不理想，比如房价让很多人喘不过气来。

哪怕是这样，我也要高呼：诗意的生活，是可以建构的。这是电影本体论教会我的生活理念:电影既是真实的,也是被创造的。同样的道理,生活既可以被他人建构,也可以由人们自己去建构。

但有一个条件——你必须有足够的智慧。

下面,就是我的“通向诗意的栖居的生存法则”。我的行为哲学是:一切都是过眼云烟,所以我要记下来。

屈指一算,我生活在杭州和桐乡这两座城市已经 8 年了,这是一个非常好的时间窗口。我是说,如果有人愿意在这个时间点上停下来,思考生活在杭州和桐乡之间(所谓双城记)的真实时光:那些美好或者接近美好的瞬间,并记录下来,以此作为一份礼物,送给自己,抑或是整座城市,那绝对是一桩善事。

对的,我要写的就是一封给两座城市的情书,一个平凡的人写给两座城市的赞歌。

我不打算用荷马史诗的方式,也不打算用浪漫主义的、洛可可的方式,或者尼采天才般愤世嫉俗式的方式,描写这两座城市的纸醉金迷,这两座城市的暴发户属性——它的秘密的资金的甬道,以及在这个甬道上栖息的资本人的故事。我不打算把精力浪费在这上面。

我打算写的,是每一个平凡的人都会遭遇的“时光的艳遇”,是每一个平凡的人都会体验的与城市的亲密接触。就是这种接触,让我决定生活在这两座城市,既在它们的内部奔波,又在它们之间奔波。

我在两地之间奔波,这个意象是如此的迷人。我已经不再是吟唱浪漫主义的年纪,但我对于这个意象造成的一种眩晕感、一种在路上的幸福感,依然充满了认同和知足。

我与福柯和而不同。在辈分上，我是福柯的心灵的“徒弟”。福柯在用符号归纳后现代人们的时空感受时，用了一个隐喻：跳跳虫游戏。是的，我想，在这座城市，我能感受到一种时常回响的情感之钟，一种来回反复的时光感受，那就是切换。这个原本属于电视行业的术语，用在每个杭州人、桐乡人的情感体验上，最切实不过。在新世纪的每一天，我们几乎都经历了这样神奇的体验。昨天入目的是疲惫不堪，今天突然可以休假；昨天被阴霾笼罩的城市，今天醒来就有阳光灿烂；甚至，昨天某扇情感之门对我们关闭，今天我们就收到了道歉信和“重新开始”的来电。

但是，福柯最后是以悲剧性的死亡为结局的，而我虽然没有编写一出优秀喜剧的能力，但我还是努力地把我们每个人该有的生命状态记录下来。

那就开始我的旅程吧。

我刚一提笔，跃入我脑海的第一句话竟然是——夜晚一塌糊涂，第二天又被建构成“超凡”。

都市化之后，人变得渺小和不可爱，有时候，甚至可怜兮兮。

但是，你也可以乐观一些。因为，万物都是守恒的。夜晚再狼狈，也抹不去顽强的你在第二天塑造一个可爱天地的可能性。

对于这种现象，我称其为变装神话。这只需要一个理念——你坚信自己的主体是存在的所有意义。你是自由的。而且，你正在经历毫无差异的每一天、每一刻。或者，是悲剧感的——你珍贵的生命正在分分秒秒地流逝。毫无疑问，你也正在走向必然的死亡。在此刻正走在通向死亡的康庄大道这件事上，你可以毫无悬念地变身成自己的国王、自己的女神——完全是因为,都市本身就是一个神话,是人类为了战胜巴别塔诅咒而为自己的共同体建设的大联盟。当你用这样的眼光,去看待城市的性质之时,一种自豪感油然而生。你会再重新打量每一座城市——因为它们真的不简单,人类为此付出了多大的代价啊!这一切是多么神奇啊!

你还不沉浸于狄奥尼索斯的狂欢境界中吗?

下面说说我自己(成为“自我之王”)的法宝。

那是2020年的秋天,我参加全国高校影视学会、中国艺术研究院、北京电影学院联合主办的论坛。到北京时已经是下午,在地铁上折腾了一个多小时,我真正踏上这座城市的地面时已经接近傍晚。萧瑟的环境以及从地铁口到旅馆的路程,就成为我的狼狈记忆。这一带刚好在修路,人行道几乎都乱石丛生,所有环境似乎都对我投来不友好的一瞥。我的旅途如同越野训练,需要过关斩将。这一路算起来并不长,可是,对于一个带着行李箱的旅客来说,就成了漫漫雄关道。夜晚是《双城记》描述的主人公遇见的险恶,夜晚是《悲惨世界》里冉·阿让借着微弱的夜色逃生的那种灰色调。

第二天,在旅馆休整一宿的我,马上变成了另外一副模样。我的疲乏一扫而光,容光焕发。我行走在棉花胡同、北海一带的小巷,感受到了北京人的快乐。在中戏棉花胡同的一侧,我踏入一家京味老店,点上了豆汁、灌肠、炒肝,并且心想,下一餐可以点麻豆腐、炸酱面、艾窝窝、肉末烧饼、豌豆黄、芸豆卷。

这一天的选择那么多,因为北京的地铁是最便捷的——它的路线布局方方正正,在地图上可以非常清晰地看出两个地点之间的最近路线。于是,如果我撒撒野,还可以到名气更大的丰泽园饭庄,尝尝那里的银丝卷;去东来顺饭庄,吃块奶油炸糕;再溜达至合义斋饭馆,品味那里有名的炸灌肠。如果仍有精力,我还可以去同和居吃烤馒头,去北京饭庄吃麻茸包,去大顺斋吃糖火烧。天哪,我被这些食物界的“金陵十三钗”给折服了——那些有着昵称的驴打滚、白水羊头、爆肚、白魁烧羊头、芥末墩子、小窝头、羊眼儿包子、五福寿桃、麻茸……它们一下子如此美好。

一天时间,我经历了黑夜和白天的情绪切换,我受伤的情感最终被北京的各种小吃治愈了。

我第一次到桐乡濮院的夜晚,曾有一塌糊涂的感受,经历了福柯所谓的时空的切换。我在夜间抵达这个因羊毛衫产业致富的乡镇,来不及品味其中的滋味,就被牵扯进了一种氛围——一种没有亲切感的氛围。街道上凌乱不堪,三轮车在街上横冲直撞。我实在不喜欢这里的蛮横味道。

第二天早上,我“建构”了一个天堂。我从旅馆步行去了2公里开外的正在大兴土木但香客和游客还可以参观的香海禅寺,受到了礼貌的接待。我在大师傅的书房里喝茶看书,并且十分情愿地赞助了不菲的茶水费。这些书籍既有关乎宗教的,也有涉及生命和生活世界的人文学科——诸如社会学、地理学、文学、思想史等。我对此十分惊叹,于是阅读这些书籍的过程,也带着一种神圣感。上午9点半,我再回到旅馆所在的街头,遇见了一家朝南的阳光灿烂的肯德基,可想而知,我又在阳光下享受了足足2小时的高质量的阅读。一个上午像切蛋糕一样被我分为两份(甜蜜)。中午时分,我满意地踏入一家五芳斋,点了简餐,之后驱车从酒店到8公里之外位于桐乡的工作单位。这趟行程以唐突的冲撞拉开序幕,以圆满的仪式告终。

一年之后，我从电影学院的桐乡校区赶到下沙校区，再搭同事的车赶到之江饭店，去谈一个浙江省电影年度报告的合作，一个下午十分疲惫。晚上，我从莫干山路赶到教工路的酒店，一路上体验十分糟糕。外卖骑手们组成了巨大的队伍，在马路上呼啸而过。几乎每一步，你都必须留意不知道从哪里冲出来的铁家伙(似乎驾驶它的人已经隐匿为一个符号)。夜色笼罩了城市，于是人们跨出去的每一步都需要格外小心。倘若一个上了年纪的老人要在此时重走我的路途，那么他肯定寸步难行。

可是第二天一早，我便开始收复狼狈失去的地盘。

我还会做分身的游戏，但不是科幻小说里的分身，而是在不同的时间将身体划分为两种功能，进入两种场景的能力。一早，我从文三路往南行进，进入欧美中心。我找了家星巴克，点了份有原味蒸汽牛奶的早餐。读了几篇知网论文，刷了几个抖音短视频之后，一个小时就悠闲地度过。尔后，我进入了早上的第二个时空，沿着文三路北侧走，经过昨晚买《读书》的那个书报亭，又买了本前一期的《读书》。我在行走的时候已经开始阅读，那种走几步路浏览一个段落的阅读方式——我还可以申请吉尼斯行走阅读纪录呢。

《读书》是一本好杂志，每一期都不会让我失望。这一期里面，也有多篇文章吸引了我的阅读兴趣。有一篇是日本的杂志事业和左翼思想的形成史料，非常客观。自西往东，到了湖墅南路，我北上到文二路又西返。这样，我遇见了如下美好的事物：一碗两块钱(足以匹敌新丰小吃)的咸豆浆。一位气质优雅的女士和我坐在同一张油腻腻但尚可以忍受的桌子上，一起享用早餐。对我而言，这是我的视觉愉悦的第二餐(类似波德莱尔的漫游者和游荡者时常可以享用的现代性的感官体验)。

我早早退了房间,穿过石桔弄,走到了保俶北路,乘坐 25 路公交车,到了梅地亚宾馆。阳光灿烂,我拉开宾馆的落地窗帘,一股幸福的味道已经渗透了全身。于是我开始了幸福的“超凡”时刻的建构。

我先去庆春路新华书店,买到了《世界电影》杂志。买这本杂志说来困难重重,我在下沙邮局的订单遭遇了邮局职工的拖延和耍赖。无奈,我花了双倍的钱,还搭上一晚上四星级酒店的开销去完成心愿。而我最后得到的,竟是完全的满意和对邮局失职的原谅。是的,我热爱的是这本杂志,邮局只是一个媒介,当我的对象来到我的身边后,为何还对媒婆耿耿于怀呢。

大多数时候,我们的生命只能体验平凡,但是,生命中的偶然会像黑暗中的一束光照亮内心的宇宙,彻底颠覆你的认知和体验。而有时候,这种巅峰的感觉,是可以凭借自己的学识和对生活的态度,也就是修行而获得的。这就是我——一个非常平凡的人,在物价这么高的杭城,生活优哉游哉,甚至感觉到美满的内心秘密。

我之所以在这个时代保持了一种乐观的心态,是因为我坚持了一种主体性的狂欢精神——尼采所说的狄奥尼索斯精神。

由此,我进入了理性的思考。例如,在一个异化的世界里如何翻身?世界纷繁复杂,人类何以坚守理想?何以保持海德格尔意义上的“诗意的栖居”?如果沿着“文明冲突”的道路,人类

的前途是否光明?

2023 年 12 月,我开始系统性地思考这些问题。

我的案头摆放着不同观念的书。有马克思的《资本论》、韦伯的《新教伦理与资本主义精神》、伯林关于“自由主义”的著作,也有尼采反对基督教的著作、阿伦特关于“极权主义”的专著,还有梁漱溟、钱穆、汪晖、甘阳等这些新儒家代表人物的著作。这些著作的观点互相吵架,互不认同。

我打开电脑,发现人们对新闻事件和现象的报道、引用和评论丰富多彩,庞杂无比,涵盖了从政治、社会、经济到个人生活的范畴,似乎没有统一思想的可能性。

观念之争凸显为普遍现象。而且,这个词出现的频率极高,但似乎没有迎来盛赞,反而会消隐在时间之河中。这不得不说是极为痛苦也是极为戏谑的事情。

确实,观念之争这个词,如果说在 20 世纪 90 年代初,还具有十分重要的决定世界走向的意义的话,那对于经过了冷战终结、生态难题、经济危机的“新新人类”,恐怕已经激不起他们的任何新鲜感。似乎对观念之争这件事,我们也产生了审美疲劳。今天的你们——被我设想的读者,是这样的一种人:你们慢慢地不再满足于一种宏大的话语,对于谎言也有着基本的认知和态度。你们是最可爱的人。

因此,在这本书的开头,我要指出的是,在历史上,观念之争一直都在发生。有的争论到今天也没有答案,如雅典法庭对苏格拉底的审判致其死亡(见图 1),以及柏拉图要将诗人驱赶出理想国。

图1 法国画家雅克·路易·大卫所作的油画《苏格拉底之死》

柏拉图认为的上帝理念,和艺术家、工匠对之模仿产生的"艺术品"存在差异。如果你认同这种模仿(类似亚里士多德),那么你也会认同诗人的存在。如果你不认同这种模仿,那么,诗人的模仿继而写出隐喻、象征的文字,确实对统一思想不利。

英国的经验论和欧洲大陆的唯理论,彼此对立,直到德国哲学家康德在《纯粹理性批判》《实践理性批判》《判断力批判》这些著作中采用糅合经验和超验之法,才证明两者并非楚河汉界般不可融合。

在西方从封建主义向资本主义过渡的语境里,一直存在着制度性的争论。一面大旗下聚集了类似斯密、韦伯、罗尔斯、哈耶克这样的政治家和经济学家,他们赞同自由主义;另一面大旗下聚集了柏克、桑德斯等这些保守派的政治理论家。

西方启蒙主义弘扬科学精神,质疑宗教的合法性。理性和科学成为迷信和偶像的替代物。这种对宗教的祛魅,在启蒙主义(狄德罗、卢梭、伏尔泰)思想家那儿,在哥白尼、伽利略那儿,在著名哲学家尼采那儿,或是在后来的米歇尔·福柯那儿,不断重演。

中国古代一直推崇儒家精神,但是这种文化在近代饱受攻击。以至于精英阶层产生了一种争论,即在中国这样以儒家为传统的国家里,如何进行文化创新?于是,出现了宏扬个体主义和弘扬集体主义的两个极端,以及这些极端观点的代表人物的殊死搏斗。

儒家有一种高尚的理念,人类的美好生活并不只是一个目标,而是生活的方式,即“人道”。这种伦理观很容易成为话术和政治口号,以构建乌托邦和理想国。谁也无法否认,儒家思想曾是主流价值观。然而,对其的反思甚至清算,也十分常见。类似《早期儒学家有道德吗?》这样的著作也更是司空见惯。哪怕是在继承和弘扬儒家的文化语境中,也存在着与之相左甚至相悖的观念。解决这种分歧是现代化语境下中国社会如何营造一种公众话题、公共知识、集体观点的重要议题。

这些著名的争论,一部分在当代已经得到解决。那就是我们面对艺术时的阐释,应该采用糅合之道(将先验和经验融合)。康德之所以重要,是因为他在主流认知朝着经验化转型的路途上,坚守了超验和先验的价值。这种思想也催生了现象学。在世界的文本史上,现象学的鼻祖——海德格尔所写的《荷尔德林诗的阐释》就成为诗歌评论的典范之作。

一部分问题和争论,成为“悬而未决”的悬案。对此,刘擎教授就写过《悬而未决的时刻——现代性论域中的西方思想》来概述当代的思想之争。该书通过考察哈贝马斯、阿伦特、施米特、伯林、波普尔、柯拉科夫斯基、斯金纳、波考克等西方思想家与学者的研究著述，探讨了现代性论域中的诸多论题：知识与政治的正当性，自由主义、多元主义、民族主义、共和主义以及启蒙传统与乌托邦思想。刘擎认为，将现代性视为一个同质性总体的思想是一种幻觉。现代性内部蕴含着复杂的多样性与紧张性。而且，这种困惑都来自西方。如果我们再加入东方（譬如中国和日本）的视角，那么，我相信对于现代性的争论，会更加多维而没有标准答案。

在艺术的具体语境中，祛魅和返魅的话题，“尿壶”是否可以进入展览馆的问题，普通的非演员的身体进入镜框的问题，雕塑和展览品是否可以取消底座进入生活的问题，艺术和生活之间的界限是否可以被打破的问题……一直是前现代艺术、现代艺术和后现代艺术观念分歧的来源，也一直是不同意识形态和观念的人群审美的分水岭。不同观念的艺术家和接受者（观众、读者和听众），对不同艺术的实验或反感，也并行不悖，在两个孤立世界里各自发展。它们的交会，也许是时间性的——在不久的将来，会有一位类似康德的学者，将其融合。也可能，它们将永久性地保持平行状态。事实上，今人已经可以心平气和地谈论这个问题，并将其作为传统艺术和现代（后现代）艺术的分水岭来看待。

除此之外，在当今世界上，还有一些属于艺术中的伦理问题，例如什么是“真”的问题——恰恰是这些问题，最容易造成今天（难以统一的思想）的“悬而未决”局面。

③

面对这种纷争,我进行了复杂的思考。

在各种观念的海洋中,有没有一种共同的基础观念,使得人类世界会朝着这种基础观念不断弥合和协商?

如果对第一个大问题进行深入思考,必然会得出第二个大问题——解决之道。

在西方,类似"基础个人主义"的方案成为一种渐渐获得大家认可的具有共同价值的方案。如果说,在传统社会,民众的意见容易二元对立,那么,后现代的来临恰好弥补了这一空白——这也是事实。

今天在中国,出现了一个事件,就是出生于20世纪90年代的年轻人(俗称"90后")崛起了。这一代是在物质生活极大提升的情况下诞生和成长的,是得益于中国改革开放40年硕果的人。这一代人开始朝着"协商化社会"的方向迈进,"90后"的生活及其观念系统,尚处于建构中。

我继续思考——作为人类,是否具有一种对生活世界和时间的自主权?

人类是具备这方面的自由的。正如我前文所讲述的经历,充分证明了"一天"是可以被建构的。那么,如何对生活世界内部进行重构?具体而言,这种内部重建分为认知、观念、时间、空间四个领域的革新。

原因是,我们具备"基础个人主义"的自由度。

不要小看这个微不足道的自由度,我要说,谢天谢地,正是因为有了它，我才可能是个人王国里的主人。

基础个人主义，因而成为我营造一天的王国里的一个基础条款。

它成为我的“护身符”——在这样的一个动荡的世界里，包容、折中、融合之智慧，尤为必要。观念的融合也使得康德这位推崇融合之道的哲学家的价值和意义再次凸显。

曾经，人类在家园和大自然的苍穹下，创造了丰富多彩的生活形态。如今的时代为人类的想象力和身体的活动空间，提供了广阔的可能性。人人似乎都忙于生活，却离生活的多样性越来越远。一句话，我们再也无法做到游刃有余。这是全球化时代的生活形态的悖谬。正是基于这种混乱，我们的生活观念和行为才亟待更新和转轨。无论是形而上学的世界，还是实在的世界，我们的生活均被高度“拟像化”。我们被局限在象征世界里，无法自拔，无以超越，寸步难行。只有进行一场脱胎换骨的生活观念的变革，才能带动人类脱离自身观念和行为模式的“桎梏”。

在人类历史上，对于这种生活观念和行为模式更新的实验，实际上已经延续至少 500 年了。500 年前，英国的莫尔所写的《乌托邦》，已经在为人类谋求出路。只不过，这种整齐划一的生活模式虽然抵达了人类生活的一种终极价值——集体虚无主义，但是也从根本上背离了人类的另一个价值——个体自由虚无主义。今日，我所思考的生活世界的重构，与之有着“差异重复”。所谓“日常生活的重构”，无非就是我们在生活中如何尽量抵达我们的终极目标。而“差异”也是由于该思想的路径实质上与莫尔所谓“乌托邦”的实验背道而驰，“日常生活的重构”

在理念上正是对乌托邦精神的颠覆，两者的理念因此也可以说是南辕北辙。

法国哲学家列斐伏尔的《日常生活批判》，则是从哲学的维度对生活世界所做的研究。他的研究结合了超现实主义、法国的黑格尔主义、尼采的思想、存在主义和马克思主义等思潮，看上去像一辆塞满了诸多理论的货车。列斐伏尔继承了马克思主义对异化的批判，主张异化是导致资本主义社会的生活丧失意义的元凶。问题是，人类的现代生活只有在资本主义的大生产中才成为可能。虽然资本主义的大生产导致了贫富不均，但只有将大生产的成果反哺给生活的物质层面，普通人的生活才有所谓的“尊严”。总而言之，列斐伏尔所批判的资本主义异化，无疑是人类社会都存在的异化。列斐伏尔批判一个漏洞百出的资本主义体制，这一开始就极端化地理解了世界的意义和生活世界的意义，缩小了人类在生活世界中进行意义建构的范畴。

乌托邦的追随者走向了极端化，法兰克福学派和现象学的哲学则意在“否定”。而我在本书中要进行的日常生活重构意在建构一种灵活的生活观念。这种观念，扫除了认知和行为模式的诸多障碍，最终建构了一个充分具有自主权的自我。在这种策略中，后现代的自主、融合和折中之道，是我认为的当代人应该遵守的道德规范和生活路线。这种智慧包括在一些深入研讨社会文化取向暂时无定论的情况下，利用“基础个人主义”，达到对个体尊严和活力的双重“修行”。这种“修行”不仅为当代哲学家哈贝马斯和德勒兹所推崇，也被类似 20 世纪 60 年代之后的后现代信奉者视为“图腾”。

在这本探讨性的著作中，生活的终极意义正是“基础个人主义”,是尼采的“自由意志”和“社会良序伦理”的折中,也可以说是宽容文化和集体文化的折中之道。我相信在地球上,存在这样一个水草丰泽的空间的可能性;人们(有限度地)言论自由、安居乐业、和谐共处;生活成为爱情,而工作成为艺术;“力比多”得到充分的分配和平衡;人类的幸福指数和人际关系得到最大程度的平衡。它是一系列思想自由论辩的结果,它也是一个个美好生活实验的成果。对于这种稀罕之物、之地、之境界,我取名为“日常生活的重构——如何重新分配认知、行动、时间和空间四要素的资源”。事实上,所谓重新分配资源,是指我们如何从象征性的刻板模式中脱离出来,重新认识自己、认识那些对于建构我们生活新模式十分关键的资源。这些资源不同于被文化和象征界所“符号化”的资源,它们是实在的、具体的,有着自然和生活的温度。它们有时候卑微如草芥,但它们蕴藏着生活世界重构的无限可能性。

我的写作和行动有着长远的计划,而今天本书终于与大家见面了。在开篇的文章里,我要谈日常生活中那些被遗忘的经历,那些被我们的思维和逻辑扔进垃圾箱里的珍贵事物。这些事物,除了“实在之物”这样的名词,我实在想不出更好的名字。正是在这样“身陷科技时代”的大环境下,我们才需要重返“生活世界”。

在哲学上,我用“折中之道”衡量我们周遭的事物,这正是那些在人类思想领域里力争破除二元对立的哲学家们——尼采、列斐伏尔、索佳、德勒兹、福柯所推崇的。在思考方式上,德勒兹提出的“差异与重复”给予我灵感。《差异与重复》既是德勒兹最重要的著作,也是当代哲学的经典之作。在这部对自柏拉图以来的西方形而上学传统进行彻底批判的作品中,德勒兹试图提出一种有别于同一性哲学、主体性哲学的自然哲学,他用的"武器"是"纯粹差异"和"深邃重复"这两个概念。这种差异和重复,是德勒兹通过对庞杂思想资源的重访之后得到的,他剖析了柏拉图、斯宾诺莎、莱布尼茨、尼采、柏格森、克尔凯郭尔等哲学家的思想,也讨论了数学、物理学、生物学、精神分析、语言学、人类学、艺术等多个领域。《差异与重复》虽然行文晦涩,但其结论是明确的,即我们感知到的,对大地和自然日渐遥远、日渐失去家园的无依感,正是形而上学给人类戴上金箍的结果。德勒兹对西方形而上学的批判,正是基于这样的"道"而成立的,它也侧面证明了生活世界的丰富性,需要我们的感知和行动。

在本书中,我不赞同任何一种极端的生活方式,也与"精致的个人主义"划清界限。我奉行的生活终极意义是,我必须是一名乐观主义的行动的"主人",一名崇尚梭罗(代表作《瓦尔登湖》)的"有限个人主义"的观念秉承者。在他的这部杰作中,梭罗曾把关乎我们如何,以及为什么要从容地、好好地过日子看得如此重要。

一言以蔽之,我所谓的生活世界的重构,即"把一天当作一生来过"的提出,是基于"基础个人主义"的前提。有了这个前提,我们对生活从容自在境界的追求才成为可能。我既非严肃的哲学家,也非完全文学意义上的思考者和写作者,因而本书是一种独立的"生活诗学"和"杂糅个人成长印记的集体生活观"的文体实践。

目 录

CONTENTS

认知篇

1. 今人对于古人(孔子)的理解可能是误读? /3
2. 生活世界的意义是最大的 /8
3. “生活世界的美学是日常的美学” /11
4. 生活的质感到底指什么? /13
5. 如何书写世界的本质? /17
6. 生活世界不可言尽,才要珍惜当下 /19
7. 生活的美是匿名的、广阔的、无言的 /24
8. 两种重构生活世界的方式 /29
9. 写作是探索生活的一种方式 /43

行动篇

1. 认知结束,行动就开始了 /47
2. 居家是一种行为 /50

3. 过马路也是一种行为和生活 /53
4. 旅行的意义:出发 /57
5. 旅行的意义:过程 /63
6. 旅行的意义:抵达 /70
7. 另一种快乐:寻找差异性 /73
8. 另一种抵达:在域外行走的快乐 /80
9. 生活在县城和乡镇,我们也一样面临“自由选择”的问题 /85
10. 步调和面容一样,潜伏着无限性 /88

时间篇

1. 时间的符号化 /101
2. 如何去符号化? /113
3. 诗人重构时间(去符号化)的经验和实践 /116
4. 哪怕在最日常的时间里,我们也可以塑造不平凡 /119
5. 利用“时间差”也是一次绝妙的时间管理“法宝” /121
6. 祛魅的时间——对“故地重访”行为的去符号化设计 /124
7. 对习俗时间的祛魅 /128
8. 幸福的获得,在于时间感的重构 /133
9. 将记忆转到现场的“惊鸿一瞥” /136
10. 重构时间,什么是最重要的? /139

空间篇

1. 用一种三元思维去观察空间 /143

2. 生活的空间成为一种考察世界的方法 /147

3. 生活的空间:内容和形式的组合 /148

4. 抵御感官的贫瘠:生活空间的重新布局 /152

5. 存在一种空间的符码化,也存在着无处不在的第三空间 /168

6. 作为现象的空间 /173

参考文献 /179

后　记 /180

认知篇

RENZHI PIAN

1

今人对于古人(孔子)的理解可能是误读?

在岁月的流变中,人类有一种共同的情感:怀旧。

在典籍记载中,古希腊被描述为“充满了智慧和文明”,以至于当代的部分人,面对纷繁复杂的世界,十分向往古希腊那些光辉岁月,甚至期待自己回到那个时代。

事实上,这个被有限的典籍所记载的古希腊只是历史中的一缕灵光而已。我相信古人的文字只是记录了古希腊的一些片段。这些文字和客观世界的关系,可能类似于一粒沙子和一片沙漠的关系。古希腊是一个实存,这个实存除了被记载的历史之外,还有被遗忘的历史、被屏蔽的历史、被曲解的历史、被抹去的历史、被含糊其词之后搁置的历史……因此,今人看到的古希腊的“真实”,可能不是“真实”。

同样,我们借助有限的资料而产生的对古人和古代的憧憬,只是一种怀旧之情,是对不完美世界的逃避。怀旧在某种程度上是一种人类的矫情,是一种主观的情感,充满了对旧世界的误解和对客观世界的无知。

古人的话语,我们是无法得知其客观真实性的。我们在有限的典籍里所截取的那个古代,只是我们按照某些条文、惯例、规章制度而单方面记录的。

今人是无法走入真实的古代的，这是事实。人们提炼的话语与古代的话语是何等泾渭分明啊！我们日常的话语是经过了多少时代的演变、多少观念的协商，甚至有人失去头颅才换来的；是一代又一代的思想家毕生的建构才换来的！

今人对于古人的话语，往往只能断章取义。古人的言谈和写作及其被后人记载的形式，决定了这种“意义被劫持”的现实。譬如，孔子作为儒学的开创者，其全部的话语几乎都是后人书写的。如果我们按照福柯在《知识考古学》中的方法，对传统经典《礼记》《周易》《论语》《孟子》《春秋》《诗经》等的“话语的规则性”——话语的单位、话语的形成、对象的形成、陈述样态的形成、概念的形成、策略的形成、评语与结论以及“陈述与档案”——进行考察，则会得出与福柯相似的观点。它形成了一种“规训”，后人的记载基本上是在“人应该怎么样？”这个语式上。这种记载带有隔空书写和以歌颂为目的的传道特征。可想而知这种功利性的书写与古人话语的本义，会产生差异。

对于孔子眼里的世界，我们没有媒介保证其真实性，当时也没有录音设备把孔子的话录制下来。因此，对于“孔子眼里的世界是什么样子”这个问题，今人只能从《论语》等文本中寻找蛛丝马迹。

在后人的断章取义和误读中，也有做得比较好的“学问活用”，譬如“知行合一”。王阳明就是传承儒学的高人。历史上，被视为“改造儒学的代表人物”的王阳明，一直反对把孔、孟的儒家思想看作一成不变的戒律，反对盲目地服从封建的伦理道德，而强调个人的能动性，他提出的“致良知”的哲学命题和“知行合一”的方法论成为“王学大纲”的核心。要说清楚王阳明思想的大概,我们需要弄清“万物一体”之说。何为“万物一体”?宋儒认为万物都是一个天神创造的,万物只是一种原质所变化,万物只是一个心镜的照见……它们对应三种说法,一是唯神论,二是唯物论,三是唯心论。[①] 但要达到“万物一体”谈何容易?不仅需要将小我之私与天地万物的隔阂消弭,泯化小我,还需要“变化气质”。[②] 用当下的话语来说,这等于要改造自私和目光短浅的心性。于是,王阳明提出了一种重行而轻知的学问。王阳明继承陆九渊的“心即理”之思想,反对程颐、朱熹通过事事物物追求“至理”的“格物致知”的方法,因为事理无穷无尽,格之则未免烦累,故提倡“致良知”,从自己内心中去寻找“理”。

他认同“理”全在人“心”,“理”化生宇宙天地万物,唯有实践才可贵的辩证观。这种思想与从尼采开始的西方哲学对形而上世界的抛弃,时间点极为接近,但王阳明更早。王阳明的核心思想可以概述为:在知与行的关系上,强调要知,更要行,知中有行,行中有知,所谓“知行合一”,二者互为表里,不可分离。今天,我们重读王阳明,其意义不仅在于“如何从儒家传统里发掘出当代价值”的理论意义和哲学意义,还在于“建构和改造儒家思想为我所用”的实践意义,更在于“在儒家的集体主义思想语境里植入个体主义的基因”的传承意义。

但是,古代生成儒家经典的方式是一种书写和记录的方式,一种存在谬误的方式。譬如孔子的学说只是后人按照一种标准和规约所制作的文本,这种文本带有功利性。因此,我们理解的孔子可能与真实的孔子大相径庭。

---

① 钱穆:《阳明学述要》,九州出版社,2010 年版,第 2-3 页。

② 钱穆:《阳明学述要》,九州出版社,2010 年版,第 10 页。

在中华传统中孔子的地位一直相当高。但是,也有部分人将孔子的理论看成通向真理的媒介,而非绝对真理。譬如,新儒家的代表人物钱穆(代表作《论语新解》),汇集前人对《论语》的注疏、集解,再加上自己的理解重新阐释,力求融会贯通。该书的标题在语义的层面具有两重意义:一是重读孔子是重要的;二是《论语》是可以重新阐释的。它也透露了如下事实:孔子的言语本质上是被别人记录或按照传闻和记忆整理的话语,是可以按照今人的感知、理性和直觉来重新阐释的。古人的话,绝非一板一眼的"圣旨",没有类似意义被锁定这样的合法性。古人的思想只是一个通道和媒介。

事实上,今天社会的每一个进步都是汇聚普罗大众的力量所实现的。

在祛魅的语境里,《论语》是一种传递某种当代价值的媒介。孔子的理论具有为当代人服务的多种可能性。同时,道家的学说、儒家的学说,也具有一种传输通道的作用。有了这个通道,可以实现当代价值的某种"共通性"。我们用下面的三段论来加以解释。

> 第一段:孔子的学说打开了思想可以通过公开的言说而丰满的途径。
>
> 第二段:今天,我们如果需要像孔子那样公开言说,那么百家争鸣这样的环境也是必需的。
>
> 第三段:只有具备了百家争鸣的环境,继承孔子品性的贤人才会出现。

这个三段论强调了孔子所取得的成就和他的时代之间的关系。春秋战国时代,就生存环境的凶险来说,也是今人难以想象的。今人只是顺藤摸瓜，对于春秋战国时期为何诞生了那么多的学说、思想做了一种最为基本的回答——思想诞生于争鸣和交流。只有这句话，可能是客观的。

另一种三段论是比较具有逻辑性的三段论，即包含了陈述项、中间项、有条件的结论项，这种三段论也可以用来思考今天的问题。

> 第一段：陈述某个客观事实、客观现象，或者符合生命状态的特征，譬如，春秋战国时期容纳百家争鸣的环境，产生了诸多思想家（陈述项）。
>
> 第二段：在一个"百花齐放"的社会中（中间项）。
>
> 第三段：类似孔子这样的伟大思想家才可以被催生出来，或者旧的孔子思想才会焕发出新时代的生机和魅力（有条件的结论项）。

而我们目前的做法，有可能是抽掉了"孔子作为一个古人，哪怕再伟大，也有一种随着时代调整和更新的必要性"的中间项，而一味觉得孔子的学说是适合当下的。或者，仅凭所谓知识阶层的设计就武断地认为"孔子是我们推崇的人"。我们对孔子的接受，忽略了信息传播的媒介变异的事实，将"孔子是我们这个时代可以取之不竭的思想资源，孔子是值得改造的一种古老思想"这个认知给屏蔽了。

如果我们执着于古人的文本，企图用古老的文本解决今天的问题，那么这显然是一种不明智的做法。

因此，在我的"日常生活的重构"的世界里，我们恰恰要祛魅——譬如认为孔子、黑格尔、康德这样的哲学家的智慧一定胜过常人。

②

生活世界的意义是最大的

不存在比我们的生活更重要的东西。生活世界才是我们人类的福地。

不约而同地"相中"生活世界的哲学是现象学和分析哲学。这说明生活世界在古代的哲学中是被(故意)遮蔽的。想一想为什么?或者想一想100多年前的尼采,他为何发出振聋发聩的"查拉图斯特拉如是说"?

在近代西方,哲学家对"理性世界"的生成产生了质疑,以至于尼采一生都在召唤狄奥尼索斯的酒神精神在他那个时代的复活。他一根筋地相信,在古希腊,自苏格拉底和埃斯库罗斯之后,理性悲剧就已经丧失了它的土壤(《悲剧的诞生》)。因此,对酒神精神的礼赞——在尼采的哲学中具有如此大的比重。哪怕是尼采那看似超前的哲学,也蕴含一种回归和内向的注视,尼采自己辩解说:"超人就是大地的意思。"尼采振聋发聩的"忠于大地吧!"也因此具有重新认识超人意志的价值。显然,这种折返与现象学重估逻辑和形而上学的西方思想价值的实践,具有内在一致性。

生活世界是超乎精神和物质的二元分野的。

折返和忠于大地,也与哲学家胡塞尔返回生活世界的哲思甚为接近。现象学的鼻祖胡塞尔从哲学的层面提出了“生活世界”这个概念，它针对的是欧洲社会现实和实践中被自然科学构建的理性、客观、科学的世界。按我的理解，科学虽然是“世界和人类的进步”，但是却把人作为主观性从统一的世界图景中排除了，形成了一幅没有人存于其中，没有目的、意义和价值的世界图景。在胡塞尔眼里，正是这看似“先进”的世界，演变成一个片面和狭隘的世界，导致人类的行为越来越量化和主题化，科学世界也从此与生活世界分道扬镳。社会文化和人的存在危机由此产生。要挽救这种危机，只能返回到生活世界。在生活世界未被量化和主题化的状态中，汲取人类真正需要的价值和意义。

一言以蔽之，人类的理性世界谬误重重，只有返回到未被划分和逻辑化的世界（即生活世界）里，人类才能返璞归真。

“生活世界总是一个预先被给予的世界，总是一个有效的世界，并且总是预先存在着的有效世界，但这并不是由于某个意图、主题，或按照某个普遍的目的而有效的。每一种目的都是以它为前提的，即便是对生活世界的各种解释方式也存在和交融于生活世界当中，即便是那种在科学的真理中能认识到的普遍目的，也是以它为前提的。人的知、情、意尚未在生活世界中发生分化。”

与胡塞尔的这种折返相似，分析哲学的代表维特根斯坦从语言的角度返回生活世界。海德格尔也反对被理性“污染”的语言，在返回生活世界的路径中构筑自己的“诗意的栖居”。与海德格尔反对“传统哲学”的姿态一样，维特根斯坦的《逻辑哲学论》本质上也是一部“反哲学之书”。该书从符号系统的原则及任何语言中词和事物必须具有的关系出发进行考察，将这种考察的结果应用于传统哲学的各部分,并在每一种情形下都表明,传统的哲学是怎样由于对符号系统原则的无知和对语言的误用而产生出来的。今天,我们对比《逻辑哲学论》和《知识考古学》,会发现两者的哲学探索精神一脉相承。维特根斯坦的《逻辑哲学论》是对传统形而上学的清算。

回到生活世界被现象学和分析哲学家"相中"这件事,我认为,其原因是"哲学的理性世界遭到了众哲人的抛弃"。

“生活世界的美学是日常的美学”

“生活世界的美学是日常的美学”，它并不是“一些中国学者所认为的那种古代封建贵族的高雅生活美学”。封建贵族的高雅生活美学不是“直接面对日常生活的发言”，包括那些高人一等的贵族的行、望、游、居的“栖居和旅行的美学”，以及那个时代的美发、美容、美体、美甲等，被呈现为“古代宫廷生活的美学”“中国士大夫阶层的生活美学”（见图 2）。

图 2 《东方生活美学》所描写的沐浴文化

同样，日常生活美学应该从其基本建构开始谈起，逐步展开生活美学的整个图景，倡导美学回归现实生活，继而提出一整套崭新的观念，其最重要的意义就在于直接面对日常生活，使得美学不再成为一门“玄学”，而是与每个人息息相关。今天我们所谓的日常生活的美学，恰恰是常人可以抵达的美学，是上述达官贵人之外的平常百姓可以获得的美学。它可以为现实生活中的审美提供“生活指南”，这恰恰是当代人在生活当中所需要的。

生活的质感到底指什么?

以下的哲学简史,可以帮助我们大致了解这个问题。

我们之前介绍了维特根斯坦、海德格尔和胡塞尔,他们与尼采一脉相承,均具有反对西方哲学的谱系性的特征。富有逻辑性的、被视为圭臬的、理性的形而上大厦(及其构件)一旦被废黜,断章、格言、警句等就慢慢找回了它自身的位置(类似《查拉图斯特拉如是说》和《众神的黄昏》)。与尼采一样,哲学家维特根斯坦的断章和碎片式的写作,替代了黑格尔和康德式的鸿篇巨制。海德格尔发现了世界的真理,就是世界本无固定的真理,一切均为现象。所以,现象与本质之分野,也只是一种由于错误的前提预设而产生的分类而已。就像柏拉图为“理性世界”和“模仿世界”做的分类,其思想基础为上帝的范式是唯一合理的假设,但在今天看来谬误重重。

法兰克福学派的重量级批评家阿多诺对布莱希特颇有微词,他用思想过于前卫,在剧作中没有在意形式和内容的吻合而招致失败的“言辞”来为布莱希特盖棺定论。因为在阿多诺看来,任何一种观念先行的艺术都有明显缺陷。波普尔的伟大之处,是证明了某种科学观点的“不可证明性”。人类的认知世界里存在着盲点,所以有必要反思所有真理。当然,也要反思“不证自明”这种语言。这种延续尼采的思想、颠覆过去二元对立的路径的“论述生成法”，在德勒兹、福柯的队列里，继续被提取，被采用，被翻新。于是，我们看到了“惊艳四座”的《知识考古学》（福柯）、《资本主义与精神分裂（卷二）：千高原》（德勒兹和加塔利）、《差异与重复》（德勒兹）这些颠覆西方传统形而上学的文本；看到了这些文本如何经由块茎式的元素和元素、单子和单子的联系，产生多元和芜杂的意义，即新的意义是如何生成的。

在《知识考古学》这本被誉为“犹如思想的空中楼阁”的杰作中，福柯以非连续性、断裂的、差异化的考古学反对连续性、起源的、总体化的观念史，通过对话语的形成与陈述进行分析，呈现作为主体的“人”和知识在话语实践中被建构的过程，深入剖析“人之死”的主题，最终建构了一种基于“话语实践—知识—科学”的考古学。

前面说到，在《差异与重复》中，德勒兹试图用“自然”去推翻同一性哲学、主体性哲学。在自然性和同一性哲学之间，在截然不同的两个描述和阐述世界意义的体制之间，人类生活世界的本原得以显形。在这个意义上，小说、电影和艺术的多样性和所指的光谱不断扩大疆域，以至于一些意义我们无从抓住，更何况去准确地阐释它。差异与重复，组成了一个世界的两极，或者是多个向度里的多样性。这种发现契合当代人类理应具有的共同感知。当代人类对世界的理解和意识是这样的：生活的全部“实在”是无法把握的，我们人类只能对生活的局部世界进行把握，并企图尽量客观地描述它。

到了20世纪和21世纪之交，一种更为隐秘的生成路线出现了,那就是无限地接近“实在性”。1998 年,英国知名的文化学者迈克·克朗完成了他的成名作《文化地理学》。他在其中声称:“将地理景观看作一个价值观念的象征系统,而社会则是建构在这个系统之上的。因此考察地理景观就是解读阐述人的价值观念的文本,地理景观的形成过程表现了社会意识形态,而社会意识形态通过地理景观得以保存和巩固。”这表明,人们口口声声称之为“文化”的东西,其实就是当时当地人们普遍(集体性)的意识形态的投影。而一个象征性观念和文化形态的形成,与其被包容的“社会地理”之容器,有着脱域性和固定性的双重关系。也就是说,在这位学者眼里,文化是被制造的。每一种文化都有其独特的“地形图”。在文化地理学的范畴内,性别、工业的体制、人口的流动性等,都是组成文化地理学内在动力的要素。

在 20 世纪 60 年代,美国出现了由《在路上》等小说带来的男性的自由主义文化和渴望走出家庭、拥抱蓝天的公路文化、摩托车文化、群聚文化。迈克·克朗观察到:

> 流动性、自由、家庭和欲望之间转变的关系说明了一个非常男性的世界。如果我们看看杰克·凯鲁亚克在 20 世纪 50 年代为“垮掉的一代”写的诗集,或是伍狄·格斯里的音乐,就会发现一个变化——为流浪欢呼。主人公们不再寻求返回安逸舒适的家,他们从根本上抛弃了这样的想法。不过,我们仍能清晰地看到主人公们的形象:跑向外界,逃避义务、责任和束缚他们的已女性化的家庭。因此,我们确切地看到了从文学到空间的性别的范畴,女性被局限于家庭劳作,安于稳定和养育子女,她们驱逐男人并让他们“逃

向”自由和证明自己。[①]

在上述的例子中，克朗意在说明，美国20世纪60年代的男性世界，其实是由男性和女性的合谋所构成的。这种独特的家庭文化，意味着男性追求更为广博的天地，而女性被“束缚”在家庭里。但是，哪怕是在自由的世界里，男性的自由也不一定意味着女性的自由，特别是在两性组成的家庭里。女性反抗被“束缚”在家庭中，也并不意味着，当家庭只剩下女性时，女性能主宰自己的生活空间，包括厨房。上述例子的意义在于，在文化的流动中永远包含着诸多元素（譬如性别）的演绎。男性和女性在这种文化中有可能各得其所，也有可能两败俱伤。是否能成为人生赢家，完全取决于性格、地域文化氛围、家庭遗传（家族文化基因）等元素。

这种发现，就是福柯“知识考古学”式的发现。只不过，福柯在知识史的领域，克朗在性别被制造出来的领域。

同时，克朗也将自然（地理、气候等元素）带入了人文领域的精神世界。

与克朗相似的哲学家——列斐伏尔、索佳，都推崇用三元辩证法去推翻二元对立的价值论。

说得通俗一点，即除了我们区分物质世界和精神世界之外，生活世界还有许多维度、许多意义。

今天，一天当中的每一个时间，都可以产出细微的差异性，并且和地域、场所构成一种独特的质感。

① [英]迈克·克朗：《文化地理学》，杨淑华、宋慧敏译，南京大学出版社2005年版，第61页。

如何书写世界的本质？

就禁锢我们人类的思想谱系而言，西方传统的哲学可谓是一座大山。而西方哲学只有到了尼采时代、实用主义时代和后现代哲学时代，才迎来了思想的真正解放。从尼采开始，在书写的世界，格言、断章和随笔，成为思想的真正载体。

在这一点上，尼采对于西方形而上学"谬误"的揭示是具有划时代意义的，后来的福柯和实用主义者们，继承了尼采的思想资源，通过知识的考古，延续了对知识生产的祛魅。因此，与传统哲学的世界相比，尼采和实用主义者们更接近日常生活的世界。生活世界包罗万象，更加只能以断章的形式去记录和互动。

我可以以断章的形式描述我的一次"未遂的旅行"。这次旅行也可以称为"论人的行为的不可推断性和不可约定性"。

那天阳光明媚，下午时分我身处杭州滨江，我意识到此处距王阳明的绍兴故居较近，就有了去绍兴造访王阳明故居的冲动。这位知行合一的学者吸引着我，诚然这种吸引是精神性的，而不是宗教性的。我对儒家是敬畏的，但是对"现代生活中采儒家之道"是持保留意见的。在我的创作中，反对儒家对中国人的精神世界和个体意识的腐蚀，一直是浓墨重彩的主题。我对王阳明先生的仰慕，纯粹是对其行为的崇拜，对其才华的佩服。

我马上拟定了行动计划。我准备从江陵路乘坐地铁一号线到滨康路,转五号线到姑娘桥,再坐绍兴轨道交通一号线到鲁迅故里的前一站绍兴火车站,从那里去王阳明故居十分便捷。这段时间,我对江浙一带的硕儒或者知名的现代学者,如王阳明、王国维、鲁迅、丰子恺、徐志摩、郁达夫,都产生了一种敬仰之情。这些人的生活地理,组成了我研究的人文地理意识。我想去拜访王阳明故居,也与这段时间以来与先生的神交有关。

但是,当我坐一号线到滨康路,准备转五号线到姑娘桥地铁站(那儿是绍兴一号线的首站)的时候,突然有点犹豫。

然后,我选择了相反的方向到了万安桥地铁站,打算去郁达夫故居。我先在一家咖啡馆点了杯咖啡。喝完咖啡,我经过几条古旧的弄堂,找到了大门锈迹斑斑、有着岁月感的郁达夫故居。但事有不巧,门关着。一块牌子上写着:郁达夫故居因改建暂停开放。于是我只好折返刚才的地铁站,坐五号线到打铁关地铁站,再在站内转乘一号线,回到了下沙。

我从文海南路地铁站下车,一路东行,走到宝龙广场,那儿人头攒动。我在一家快餐连锁店门口的广告牌边徘徊,那有一幅新推出的番茄咖喱套餐的诱人图片,但是当我坐下来点餐时,却找不到这个菜品了。店员礼貌地告知,今天的番茄咖喱套餐卖完了。我与番茄失之交臂,在我兴奋的生活之旅中有了一丝丝遗憾。

⑥

生活世界不可言尽，才要珍惜当下

世界是一个万花筒，它的意义群组“语义场”有千万个甚至亿兆个。作为尘粒的我们只能通过碎片和断章与之沟通。

例如，旅途这件事充满了生成的意义。面对这些意义，我们只能尝试感性描述。如果我想概述，它就会被我的语言“歪曲”。

在旅行的过程中，我一直以我理解的生活观念，来体悟和感知旅行的过程。如果旅行展开的是我视野中的横向画卷，那么，我对世界的理解就是一种纵向的装置、一种认知的体系。它在每一个横向的剖面上，影响我的旅程。

以下是我简述的观点——

我理解的生活是在生成中的，是不同于任何文本记载的生活。任何固定的文字都是一种对由它导致的梦想的描绘，而不是对真实的描绘。我所理解的生活，它是沉浸的、弥漫的、差异的、重复的。没有这种经历，就没有对生活的准确理解。差异打开了多样化的维度。生活就本质而言是多样化的。多样化组成一种完整视野，这样的生活才是真实的生活。因此，任何文本的记载和再现，事实上都是一种“瞎子摸象”的做法，都是企图靠近生活本质的一种尝试。

长期以来,我习惯了通过自己"思想的""哲学的""理性的"眼睛观察生活。我坚定的理念来自这么多年的成长和观察。我观察到的生活的形态、现象、图像和线索,都与文字世界有着本质性的差异。我们无法把握大千世界的丰富性。语言只是这个世界的一种媒介,通过这种媒介,我们部分地理解所谓的世界"实在"。"实在"是多样的。大多数时候,我们理解的大千世界,是语言媒介的一种象征性表述。除此之外,我们无以探知更为复杂和多维的"实在"。

不仅对"实在"无法因语言而探知,连大千世界的图像(绘画、摄影),我们也无从把握并对其做出准确的描述。因为与语言的高度符号性相比,大千世界的图像也基本呈现一种与语言媒介迥异(且无法被真实呈现)的(多样性、发散性、生成性等)特征。米歇尔的《图像理论》在某种程度上说明了这个事实。

譬如,我们随意在生活的海洋中,撷取一幅群像图(见图3)。它们是我在美国和澳大利亚两地访问生活的碎片记录。它们的外部形态,我们可以描绘为"濮波在纽约和悉尼的街道观察",也可以描绘为"一个诗人眼里的公共空间",甚至可以描绘为"发达资本主义国家的人行道"。上述三个标题指涉的内容和我们看到的文字向度均不同,也与我们的期待大相径庭。我们可能预期一篇煽情的旅行记,但作者却写成了对异域城市的空间观察记;我们可能预期一篇人间温情的文章,但作者却写成了犀利的对不同文明的批评;我们还可能预期一篇亚洲人在美国的生存报告,但作者笔锋一转,将之写成了一篇气候与人类行为的学术论文。

图 3　笔者在国外旅行的照片集锦组成意义的网络

在海外旅行时，会有无数图像、意象、感知冒出来，组成一种庞大的、性质和形态多样的“语义场”。世界是人们透过一个窗口看到的实存，但是，你无法把握和描述出来。面对大千世界，你可以感知，但是，一旦你有了把这种感知描述出来的冲动，你的每一次描述，都可能是一次断章取义或者谬误重重的语言之旅。在一个生活的瞬间里，除了表象的意义之外，还潜藏着无数言外之意、无数我们的话语无法抵达之处。譬如，看不见的空气湿度和人身体运动的流畅性之间的关系（见图4）。这种意义存在着，而我们很少关注它。知识和认知是我们抵达这些未被言明的意义的屏障。

图4　何以描述这个场景？

于是,我在美国和澳大利亚的旅行,就带上了我观察大千世界的“生成性”之观念。一切似乎被我的意识包容了,似乎沉浸于被我的意识和观念事先设定的“一切尚不可定论,一切在生成的”观念中。

这个事例说明,虽然文字和思想的世界广袤无边,但是生活孕育的巨大可能性恰恰可以完全覆盖文字和思想。

一切在生成中,我们固定的视野和固定的语言法则很难把握世界的全部。最多,也只是一鳞半爪;最多,也只是盲人摸象。

因此,所谓的旅行,一旦经我描述,被语言歪曲的可能性就激增了。这句话也可以这样表述,话一经说出,就很可能是谬误。

生活的美是匿名的、广阔的、无言的

世界是一个万花筒。

生活世界产生了迥异于文学和哲学的固定意义。它有两个最为基本的属性。第一,它是多元的。这种多元包括了本质的多样和产生路径的多样。譬如,时间的路径就千千万万,每一刻每一秒都是产生意义的不同参数。如果我们加上抽象的时间、历史的时间、艺术作品里的时间等这些参数,那么我们在感知雨天看到地铁的图景(庞德),在楼上看到的桥上人之风景(卞之琳),其时间性更是迥异。第二,它是弥散的。生活世界的一个瞬间可能朝向经济生活的计算(次级生活世界),另一个瞬间可能朝向精神世界的审美(次级生活世界),还有一个瞬间也可能朝向身体五感的体味(次级生活世界)。在弥散事物的分层上,又产生无穷的可再切分性、无穷的再生成性。

现在我们试图进入美学的领域。

生活的美,可以用诗词来表达、描绘和吟咏。正如一首古人的《朝来曲》描绘了贵妇人的生活:“月昃鸣珂动,花连绣户春。盘龙玉台镜,唯待画眉人。”生活的美,可以触摸,但不可以言尽。有一种说法自以为是“以言达意,言足达意,意尽于言”。事实上，大多数时候，我们只能达到“意在言外”“弦外之音”[1]的境界。

英国诗人济慈的《希腊花瓶歌》说道：听得见的声调固然优美，听不见的声调尤其幽美。[2] 海德格尔从哲学那儿抽身，保持静默，譬如他说“只有对那必须保持沉默者，不能再说，思之言说才能在它自身的存在中静默”，所昭示的命题也可以这样理解。

正因为如此，生活的实在不可能被定义，或者被全部说出。生活是本质和细节的合成，是全部和碎片的整合。如果不穷尽碎片和细节，我们也无法探知生活世界的全部。因为，碎片和整体不是任何哲学所能涵盖的——譬如，传统哲学的“表里”“单一和整体”“类别和全部”“系统和逻辑”的那些体系。

事实上，美是一种先验和经验的综合，但这种事实是无言的。

在生活世界里，有但不可能只有逻辑，有但不可能只有感性。美包罗万象。

在黑格尔的眼里，生活世界的美和艺术的美是有概念的，人类凭借理性可以抵达审美的疆域。这种说法无非继承了古希腊的毕达哥拉斯美学观。在以数学、几何、节奏和规律为美的时代，“波动的曲线”“对称”“寓整齐于变化”（unity in variety）、“全体一贯”（organic unity）、“入情入理”（verisimilitude）成为美。[3]

康德的哲学糅合了先验和经验。英国学者司特斯在《美的

① 朱光潜：《无言之美》，北京大学出版社 2005 年版，第 143 页。
② 朱光潜：《无言之美》，北京大学出版社 2005 年版，第 6 页。
③ 朱光潜：《无言之美》，北京大学出版社 2005 年版，第 18 页。

意义》中，延续黑格尔和康德的思想，称美是概念的具体化。概念有三种，一种是“先验的”(priori concepts)，一种是“后经验的知觉的概念”(empirical perceptual concepts)，一种是“后经验的非知觉的概念”(empirical nonperceptual concepts)。[①]

总之，审美的差异性拒绝单一的定义和概括。但是，生活的美哪怕是先验和经验的综合，这种综合也是很难用语言描述的，换言之，它是匿名的、广阔的、无言的。

面对大千世界，人类无法给以单一的解释和命名。万花筒是它的形式和内容。世上没有一种可以通向内容的机制，也不存在一种反映本质的现象。现象学在这里不成立，海德格尔只说对了一部分。

在生活世界里，生长着一种“大”，一种“多元性”，此外一无他物。必须承认这样一种现实——在人类的文字世界中，人们很难做到对生活本质的探寻和描绘，对生活的定义化和概念化。文字世界所采取的也是一种参考语言学方法的术语的组合和聚合。

也正因为如此，迄今为止，渺小的人类所理解的生活的意义几乎全部来自一种有限的视角和理解力导致的肤浅印象。它们可以概括为两类：一类是组合的意义，其关键词为记忆、童年、时光、岁月、死亡、团聚、失去、孤独等，它们通向连贯、流淌、线性的意义系统。另一类是聚合的意义，其关键词为差异、雷同、并置、呈现、展览、装置、陈列、摆放、绵延、蜿蜒等，它们通向融合、非线性的意义系统。

① 朱光潜：《无言之美》，北京大学出版社2005年版，第21页。

生活无以定义"什么是",但我们可以定义"什么不是"。如同对什么是哲学、什么不是哲学的思考。

近代哲学家(以尼采为例)和当代哲学家(以德勒兹和福柯为例),其最主要的问题意识都来自对西方形而上学的否定和重构。在他们的眼里,流行的(以康德和黑格尔为代表的)哲学变成了文本的游戏,或者通过文本的媒介才可以成立的事物。知识如何被建构——这个在第一哲学那儿不成问题的问题,成为福柯眼里需要浓墨重彩加以甄别的,需要考古的对象。因此,伟大的哲学家都在发出同一个声音:之前的哲学不是真正的哲学。

顺着这个思路,我们也可以说,那些被偶尔看见的生活——街角一瞥、某个空间的戏剧性或者非戏剧性的场景、一种动作的碎片、一个表情的持续或者短暂显现……它们都不是生活的整体,这些碎片不构成生活的全部。换言之,生活不完全由这些碎片构成。

文字记录也不是世界的全部,文字无法记录生活的真实。那么口述呢,对于口述的文字记录呢?没有现成的答案,我们最多可以说,口述(声音档案)或者对于口述的文字记录尽可能还原了生活的真实。

在哲学领域,口头的言说是可以被称为哲学的,正如柏拉图的《理想国》。问题是通过口述流传的没有记载下来的内容,谁能保证就是当初的模样呢。所以存在这样一种概率极大的可能性,我们今天所读到的《理想国》《论语》,都是与原先的口述具有较大差异的文本,一种涂改了本义的文本,一种剽窃思想、断章取义的文本。

如果这个判断成立,那么,我们如何来看待人们通过这种文本延续了几千年的哲学传统呢?

(现存的)哲学肯定不是哲学应该有的样子——这可能是对的。

同理,生活可以描述为一种现象,一种日常生活图像的累加。生活是各种面相、细节、动态的整合。但是,生活不能被定义为一种事物、一种状态,或者一种存在。生活就是生活。任何对生活的断章取义都是武断的、片面的,而非全面的、周延的。

"解释"这个词是对"解释之后的文字,不是解释之前的文字"这个真理的说明和注解。

在这样的意义上,生活也不是生活。只有感知是真实的。"感知完全容纳和包含在大自然之中……"

本质上而言,艺术就是提供图像多样性和阐述多样性的媒介。但是,这句话一经说出也是谬误重重。

制度、法律、理性的话语……本质上也不代表世界的丰富性。拿我之前的一个经历来说。我曾经写诗,写内向的诗歌。在内向诗歌的谱系里,有一种自我砥砺、自我贬损的传统和文体(姑且称之为自贬文体)。我写的自己像一个小丑一般,在生活的舞台上演着连自己都看不下去的剧情。这首诗刊登在当地的日报上,过了一段时间我就听说有该地的官员,对这首诗不满。因为官员显然将"台上的小丑"误解成了那些实体——他们也在现实的政治舞台上。我对于自身"小丑般在生活舞台上"的隐喻,就这样被误解和歪曲。

这里,显然是一种话语的暴力,导致了他人理解的任意性,导致了他人可以呵斥手无寸铁的诗人。

两种重构生活世界的方式

第一种日常生活的重构之法：还原到单子。

生活世界的美是匿名的、广阔的、无言的。匿名，并不是说人类的语言和描述都是错误的，而是说本质是错误的。虽然本质是错误的，但是我们也仍然需要不断地试错、不断地尝试用我们仅存（在这里有一种略微可以解释这种状态客观性的功能）的语言（伎俩和方式[①]），去描述和表达这个广袤的世界，特别是生活世界。

正因为科技时代的生活和我们的言语世界存在着太多的背离，重构生活成为我们梦想栖身的诗意之地。

如何抵达这个地点？

方法之一，便是将自己还原到一种化学元素、物理元素的存在。我们无法洞察所有的秘密和真实。因此，从客观而言，我们也无法把握一种真正的宏大。人类不可能把握全部。我们只能把自己分解为一种最为基本的元素：分子、原子。

在分子和原子的世界里，相对而言，一切都是均质的：发现风景和发现时间是平等的。我认为，在现代人的风景观念里，需

① 因为语言本质上是谬误的，在局部是实用的、客观的。

要再进化出一种风景与时间等值、风景就是生活的观念。如同雕塑和生活世界界限的消失,在当代的生活实践中,风景和日常生活的界限,也应该消失。

柏格森早已经洞察,在某种场合里,时间是绵延的。德勒兹延续了柏格森的时间绵延概念,为块茎思维和一种多样性的存在而发声。

同样,在空间的领域里,索佳也道出了被二元对立所困扰的空间界定问题。他所运用的方式就是用三元思维,或者说空间思维去瓦解二元思维和二元空间思维。

在柏格森、德勒兹的基础上再往前迈进,则可以有如下的等值(均质)主义价值观。

(1)时间是平等的——夏日和秋日、冬日和春日、上午和下午、白天和夜晚,是等值的。

(2)成功和失败,对于身体而言,毫无差别;对于文化而言,也是被建构的。

(3)整体和碎片,也是等值的。碎片可以细分为无数碎片,取决于我们划分事物方法的差异。同样,整体也不存在,如果我们对之进行一种必要的透视,会发现,整体也是被建构的。这就是建构主义的神韵。

(4)将这种思维融合进政治领域,则可以发现,无论是在历史中,还是在当下,像王阳明一样入世做官,和陶渊明式的避世"采菊东篱下",是等值的。

同样,这种思维延续到我的艺术观察中,我也认为:一个重构日常生活的模式、形态,一个思考如何重新分配认知、行动、时间和空间资源的时代,到来了。

它迥异于古人对待生活元素,特别是对待物的态度。

应该说,古人在生活美学的开掘上,不乏智慧,而古人的哲学,是一种为我所用的哲学。这样,大地没有成为被敬畏的对象。在古代,人类对大地元素进行意义分类(代表人物就是柏拉图),产生了古代文化的样态。中国古典诗词里的江河湖海、崇山峻岭、亭台楼阁、花草树木,均被高度符号化,承载了人类的喜好和文化符号的差异性。结果,大地上的元素,就这样以分层的方式,被人类区别对待,附带人类的情感(譬如柳永面对杨柳岸的抒情、李清照面对雨天的悲情宣泄)。古人还将生活之美分为天之美、人之美、地之美,衍生出游之美、物之美、食之美、德之美、文之美等多种样态。

从儒家道德规范出发,再对这些美做出道德谱系上的分门别类的甄别。生活被高度象征化和符码化,时间和空间被分割,而芸芸众生毫无知觉,其感知力日渐消退。知识和艺术的精英阶层由此诞生(被制造出来),大众成为这个精神和物质消费金字塔的最底端,被欺骗、左右、挟持、影响和笼络。大众由此与这个系统和体制产生了隔膜,离艺术日渐遥远。艺术(琴棋书画)成为士大夫和权贵们的玩弄之物。艺术抛弃了它应该发挥的作用,成为腐朽的代名词。我是非常不认同类似《东方生活美学》[①]这样的粉饰古代中国生活美学的书籍的。尤其是,当书中介绍杨贵妃的沐浴文化和沐浴美学的时候,我义愤填膺。这显然与大众生活美学相去甚远。这种文化,也与日本(东瀛)所生成的沐浴文化具有差异性。东瀛的沐浴文化,经由元禄、明治维

① 刘悦笛主编:《东方生活美学》,人民出版社 2019 年版。

新、大正时代的大众文明洗礼和浸润，已然发展成为一种大众文化。而以杨贵妃为代表的宫廷沐浴文化，是一种贵族文化。时至今日，流行于中国大江南北的沐浴文化，也显得怪怪的。它欢迎以家庭为单位的参与，也设置了按摩区域，又被家庭聚集活动所屏蔽。因此，它左右逢源，处在文化的夹缝中，被有色眼镜所"窥视"，又因为其暧昧性，得到"它对于单身男女群体的吸引力"这样的待遇和符号。

这样就掩盖了大众参与度的问题，掩盖了这种生活的美是被古代权贵牢牢控制在其经济领域里的一种符号和摆设。一个普通的居民，看不到这种生活美学，所以这种生活的样态，充其量是贵族生活美学。

这种美学是腐朽的，它缺少一种生成性和均质性。

同时，生活碎片和思想整体是并置的。我描述一个现代人的大地意识，应该是一种将大地上的元素重构，组合成一种新的需要和新的生活诗学的观念。

> 按照尼采的修辞，这个现代超人，或者迈向超人过程中的"与一般人类拉开距离的人"，是一个地地道道的大地艺术家。
>
> 他热爱大地上所有元素：山脉、溪涧、大河、大漠、平原。他热爱北方和南方，热爱干燥和潮湿。
>
> 北方小镇（龙门客栈）和江南古镇（周庄、同里、乌镇）对他而言是等值的。

第二种日常生活的重构之法：均质化看待事物。

或者也可以这么说，将被文化梳理和分层的世界，同质化看待，也许可以找到出路，那就是均质化对待所看到而不能把握的对象。

不能把握成为唯一可能的存在。只有消除判断、趣味和审美差异，才能将之还原成文化之前的存在。换言之，只有在一个均质化时代中，眼前的一切才可以被重新打量。

美国空间理论家索佳在其《第三空间——去往洛杉矶和其他真实和想象地方的旅程》中点明，地点是20世纪空间无比扩张之后才出现的新事物。地点不同于封建时代的那些重要的祭祀性、膜拜性和大型的公共场所，它数量奇多而导致了均质性。

均质性，正是索佳发现的一种在第三空间里通常出现的事物存在、并置和罗列的特征。它无疑也是今天这个时代——如果它需要进一步往前发展——的关键词。

在旅游的层面，赴上海、东京和纽约之旅，与赴同里、周庄、安昌、塘栖、崇福之旅等值、等价的时代来临了。它们在空间呈现形式上的共同点，正是它们都是"地点"。

在文化的、政治的或者商业的属性上，它们有着等级和层次。可是，在地点的普遍属性上，它们恰恰是等值的。这类似于莱布尼茨所谓的单子。在我生活的杭州城区（或者城市核心区域）的人们，已经不会戴着有色眼镜、用符号化的眼光衡量去大城市旅行的阔绰和去小地方旅行的寒碜——在两者之间画上强行的联系符号，以此连通价值的评判系统。孰高孰低的评判，已然淡出了我们的价值系统。

针对这种情况，我们可以这样来生活：如果你想探索地点的多样性，你所选择的旅行目的地，无论是上海、东京、纽约，还是同里、周庄、安昌、塘栖、崇福，作为一名旅人，从你所经历的选择、抵达、沉浸、栖居的旅行行为诗学来讲,它们也是等值的。

正是在众多属性中(文化、政治、商业、地点),我们选择了地点,才体验了地点的均质化。

换言之,如果我们学会选择,那么,我们可以断言:均质化、个性化时代已经悄然进入了我们的生活空间。

均质化和个性化,早在20年前就是我的一种坚定的信念(换句话说,当时,我就坚信,均质化时代一定会来临)。

均质化时代也是平面化的时代(一些畅销读物已然开始炒作平面、平坦的概念,譬如《世界是平的》)。

我的旅行和阅读经历,本质上是一次伊曼纽尔·列维纳斯意义上的面容的无限性之探索,它也见证了我的思想蜕变和均质化过程,伴随着均质化,一种无所不在的碎片化也逐渐成形。在沟口健二的作品里,读者的旅行也类似地点化的旅行。在其中,有诸多可以生成意义的路径,也有诸多可以生成意义的图像、影像和场景、段落。在一些地方(胶片世界中的"地点"),沟口健二构建了图像的意义(意义A,如卷轴画、山水画、中国文人画);在一些地方,沟口健二营造了影像的独特内蕴(意义B,如《近松物语》中男女主人公在片尾的湖中泛舟,就有一种反抗的含义);在另一些地方,沟口健二营造了一个女性电影的谱系这样的美学互文、指涉价值(意义C)。

在意义A、意义B和意义C之间,就完全是索佳所言的地点与地点之间的关系意义。

因此,如果有一个模式、模型和模态,那么,它就是一种平坦的、容纳碎片化的器械、容器、球状、矩形状的装置。对此的定义和概括是困难的,因为模式和模式之间,其重要性完全是等值的。

均质、平坦的时代,也是共时性体验获得前所未有开发的时代。今天,我们终于见证了宫崎骏的《千与千寻》、新海诚的《你的名字》和押井守的《攻壳机动队》可以在一家兼营私人定制业务的电影院播放,供观众挑三拣四、评头品足。

祛魅继续在它的进程中。

表现之一:很多人不再为了一睹名人的芳容或者获得其签名而兴奋,而有成就感。因为名人也被祛魅了。各行各业,都有在这个系统里的名人。在大众偶像的层面,娱乐明星确实获得了比其他行业大得多的盛名和大众关注度。但这种不平衡也是可以解构的,这完全取决于时代风尚。我们有理由相信,在未来,电影这样的艺术,会被更加逼真的全息影像展览、人工智能设计艺术替代。

在这样的后现代语境里,某个电影明星走上街头,人们不再为讨得一个签名或者合照而蜂拥前去,也不再为一睹他的芳容而故意靠近。

一位诺贝尔奖获得者或者候选人,正在遛狗。一位出名的美妆师正在买冰淇淋。一位获得行业承认的新锐设计师,正款款从他下榻的酒店走出大厅的自动旋转门,他一脸半梦半醒的状态,那是由于熬夜而产生的倦意。这个行业的刊物会将这种表情视为他的标签性符号。他打了一个哈欠,刚好与街头那位拍摄过《活着》和《满江红》的导演邂逅。两人尴尬地笑笑,就像两枚原子在各自的轨道里与他者不小心地碰撞。而他们此刻的谨慎、礼节和距离感,只不过体现了现代社会的人际交往保持适度距离感的规则而已。

此刻,拍过无数电影名作的导演或许会想到不久前一个片场的片段,设计师或许会记住导演服饰上的一种面料,因为这种材质穿在老年人身上的效果显然不同于年轻人。他会以此类推,盘算同样的美学效果,如何体现在酒店的室内装修上。一个是穿着,一个是软包,两者只是文字的差异而已,用一种物质去覆盖另一种物质的性质是高度相似的。就这样,设计师与导演不期而遇,两人礼节性地笑了笑。接着,就各自朝着各自的路线行进。

……

世界彻底地平面化了,如同动漫里展现的那样。动漫师早已经感知到了这个时代的风气。他们的动漫作品里的物体和元素,有着明显的空间的差异,有着明显的主角和配角的调度。在动漫的平面世界(譬如《攻壳机动队》《千与千寻》这样的作品)里,画面中心和边缘的差异是不明显的。有时候,为了观影的美感,动漫师故意将主角的行动设计在画面的右上角。譬如,人们看到一个骑着扫帚的女孩从房顶飞过,自然,这位主角的出场是以身处边缘的位置为前提的。

与动漫相似的是数字,只有在数字世界里,才有万物平等,握手言和。

对于这个时代的哲学基础,我们应该心知肚明。

表现之二:我们的价值系统,还主宰了我们人类行为合法性的话语场。

在我提出“世界是平坦的”假设后,我也假设一些人会质疑,譬如,为什么在今天日本这样的后现代社会里,财富和资源依然没有实现真正的均质化，乃至当我们谈论均质化时，许多日本人会愤愤不平。因为今天我们的生活、我们的社会、我们的岁月和时光，依然有层次感，各种时间的皱褶依然存在，好的时光和差的时光依然盘桓在我们的身体周围，各种阶层也确实存在。

但是，我要竭力证明的是——我们之所以感到社会不平等，之所以感知到的时光和社会的不均衡，它来自两个源泉。

第一个是出自我们的感知（感觉和认知），它仅仅是被我们自己带有故事感、剧场感的叙事“基因”所控制的一种经验而已，是我们自己把我们的人生和生命区隔为错综复杂的一种实质或者假设的回应。是的，刚才我说到了“基因”，但是我在这个词汇上加了引号。说明它不是真正的“基因”。我所说的“基因”，实际上只是我们对于习以为常的文化习俗的一种隐喻化的表达而已。

第二个是由于社会上真的存在不平衡这种现象。这种不平衡，是由于你认为人生的物质财富占据生命能量的比重过大所致的。我的意思是，你所认为的“你的财富比别人少很多”这样的评判和判断，只是一种价值判断而已。日后，当生命本身的权利（譬如呼吸空气，迎接阳光）被重新评估，继而我们这个时代所能判断的生命的财富，被那个新时代的人们的普遍意识所重构之时，是有可能把一个地主的财富视为一堆粪便的。

美国的马斯克提前认识到了生命能量和整体价值的“客观性”。在他的人类火星移居计划里面，设定这些移民购买的是单程船票，移民到了火星，永远也不能回到地球。这个计划十分耗费资源，能够买得起这张船票的只能是一些亿万富翁。据说，这个计划收到了许多富翁的激情回应。与其说他们要体验财富的快感,还不如说他们需要体验生命在另外一个星球里消亡的过程。而我们在工薪阶层那儿,也得到了对于这件事的回应。结果,大多数人的观点是,哪怕是免费的,他们也不愿意抛弃自己的故土、自己的家庭,移民火星。这件事说明,生命权和能量,在未来是可以重构的。一个社会认为工资是生命的重要物质基础,另一个社会可能会鄙视这种观念,从而取消工资这样的事物。住房和奢侈品也一样。这样,未来社会衡量生命价值的系统就会完全重构。

因此,我这里说一句"同义反复"的话,即价值大小,全在衡量事物的价值系统和价值这个概念本身。

或者,我借用鲁迅先生的话语——世上本无路,走的人多了,也就成了路。我演绎成:世上本无价值,对之关注的人、打主意的人多了,也便有了价值。

其实,生命趋向于均质,应该是生活在现代的一部分人的共同感知。虽然共同体这样的事物,遭到了越来越多有先见之明的学者的反对。譬如反对罗尔斯《正义论》假设的人类共同体这种"观念暴力"的桑德尔。在许多人眼里,提倡新自由主义的罗尔斯简直是我们这个时代的"神",是其观念的代言人。但是,桑德尔指出了罗尔斯正义论之中明显的逻辑漏洞。桑德尔为此写出了《自由主义与正义的局限》和《自由主义及其批评者》。

我要顺接桑德尔的批评,提出一个观点,即一个真正的现代人,应该明白,均质化是一种趋势。一个共享集体化生活质量的社会,在住房、工资、劳动、福利、教育、退休生活各个方面享受均质。它是人类思想的一次质的飞跃,也是一种对于习俗、象征、文化和社会结构的全方位的反思。

许多人或许会反驳,财富在当今的不均质是一种真实的存在。对于这种现象的质疑,我可以这样申辩——在未来,人类生命财富的相似性,正在得到承认,而在哲学层面上,一个流浪汉之所以获得他人由衷的羡慕,就是因为流浪汉拥有着完整的自由,他"不为稻粱谋"。

在社会的领域,我们沿着马克思、鲍曼等人的社会学思考,继续前进。在人类思想废墟上的成果,是否值得再拾起,类似鲁迅的《朝花夕拾》,类似在马克思批评资本主义100年之后,西方出现了对自由主义的大规模的批判。同时,福山和马尔库塞依然在最大众的领域,左右着人们的观念。这里我说的是世界上80亿人中的大多数。

在文学艺术的领域,我们取消叙事中的褶皱,进入一个被康德、德勒兹和韩炳哲所言及的"平滑"[①]的时代,以沉浸电影、数据库叙事替代过去叙事中的信马由缰。它要脱离捆绑它的绳索。在福楼拜的时代,这种反抗已经发生。在《包法利夫人》中,福楼拜已经按捺不住对事物和事件采取一个更为客观的态度来描述它们。他用了一种农贸集市的手法,这种手法被德勒兹称为"古玩店""块茎"的手法。卡夫卡的小说《城堡》和《审判》完成之后,世界的文学创作陷入了一种深深的危机,那就是预言、警示、象征主义文学的终结。在象征主义文学死亡的床榻上,诞生了两种新的文学样式。一种是实在性的小说,其中的代

① [德]韩炳哲:《美的救赎》,关玉红译,中信出版社2019年版。

表就是日本的森鸥外的《舞姬》,是所谓“私小说”初露端倪之样本。在“私小说”中,一切规则均丧失了合理性,就像奥斯汀发明的“傲慢”“偏见”“理智”“情感”,均会丧失其叙事的合理性。取而代之的是一种由于人的身体和社会语境混合而产生的新伦理,一种主体性伦理。每个人都是一个宇宙,都是一个现象。因此,“私小说”以身体为版图,打开了一个巨大的叙事世界。这个世界堪比哥伦布发现的新大陆。因为根据认知心理学、认知写作学,“私小说”就是一种可以无限生成次级情节的写作体裁。

另外一种是在文字本身的领域里发生的革新。文字在争取着它最为基本的权利,那种抵达事物真相和触感的广阔性。一种时间性背后的空间性,一种质感。从此,鲜活的文字被凸显为主体。马尔克斯发展了一套在文字的现实功能中掺杂各种新的可能性的叙述。莫言也紧随其后,发展了汉语的质感。如同“私小说”替代了传统(象征)小说的史实一样,均质化也导致象征(象征体和象征对象)的消弭。

在艺术的领域,我将要论述的是从布莱希特、雷曼到形形色色的剧场实践者们的颠覆性的艺术活动。或者我将介入对电影的观察。譬如,电影的象征。在塔可夫斯基之后,象征和隐喻的电影,也宣告了终结。只有学院派和那些还在电影学院的初学者在“玩”象征。象征通向一个枯燥的美学实践。电影从被发明的那一刹那起,就注定与真实的事物发生关联。一匹马的神情(《战马》)、一块石头的质感(《寄生虫》)、一个充满了牺牲精神的哀怨(《神女》)、一辆呼啸而过的火车直奔观众而来产生的震惊(《火车进站》)、初恋的滋味(《朱诺》)。但是,只有少部分导演意识到了电影和物体之间的深刻关联。比较令人欣慰的是，在世界电影的领域，像蔡明亮、罗伊·安德森等少数派，也在不知疲惫地实践着“去象征”的电影。我们也可以借鉴拉康和齐泽克的术语，说这是“实在界”的电影，是鲍德里亚的“物体系”电影。

在生活的领域，这种均质化已经发生，只不过我们没有及时发现而已。或者，我们在某些领域发现了均质化社会的一鳞半爪，但是，没有将之看成一个即将来临的社会的整体性结构的冰山一角。我以自身的行为证明，在现代人的观念里，需要对所见之物进行百科全书式的重新编制（见图 5）。譬如，对风景观念的编制，就亟须进行。具体而言，我们需要再进化出一种风景与时间等值、风景就是生活的观念。

由此，我强调，“生活的重构”是一种现代意识。它与尼采所谓的自由意志一脉相承。在这样的一个平面时代里，一个现代人的自由意志是对着大地敞开的。大地上的元素是等值的。进行中的“生活美学的重构”，它还具有沉浸性、流动性、生成性和丰富性。任何固定的定义对它而言都不合适。

图 5　在小莲庄的一次朝向无限的遐思

写作是探索生活的一种方式

换言之,写作是探索意义无限性的码字。

同样,面对生活世界的一个占据时间的行为——写作,我们也应该重构它的观念:以单子思维或者均质化看待之。

诗人早已经解决了这个问题。在诗人的笔下,自然界的一花一草和被视为母亲河的黄河,两者的分量在意象的层面是等值和均质的。

在庞德的笔下,地铁站和湿漉漉的雨水等值。

我们这个时代的写作者必须秉承这个诗学的传统。

这个时代已经见证了诸多普通人拿起笔,进行非虚构写作的杰出案例。《我的阿勒泰》的作者李娟和《梁庄十年》的作者梁鸿,其非虚构写作的文本,已经成为当代中国文学的知名代表。

我们有理由相信,作家这个在古典和权威时代被贴着“人类灵魂工程师”标签的群体,在这个时代有可能滑落至一种极其平凡的地步。“人人都可以写作”“全民写作时代的来临”——这些口号显露了我们这个时代平民化的端倪。事实上,某个时间段的大师可以生产杰作,譬如《活着》,也可能在某一个时间段,生产平庸之作,譬如《满江红》。最重要的是,观众对之已经坦然,再没有义愤填膺的心态。慢慢地,人们可以解构“大师”这个词。因为这个词充满了歧义和时间性。面对一个衣衫褴褛、在街边乞讨的流浪汉,今天的过路人也可以不乏讽刺意味地、酸溜溜地调侃道:“这位是生活的大师,他按照自己的想法生活。”言下之意,他的风餐露宿和直接面对自然的生活,是许多人不能达到的。“大师”这个词,由此产生了一种双重性。它是肯定和揶揄的合成物,它是羡慕和排斥的双面镜。当然,大师的被质疑和被调侃,大多产生在诸如后现代日本这样的地方。看看北野武的自嘲,看看是枝裕和的谦逊,就可以知道,后现代是这样一种有着反讽机制的社会样态。事实上,一个作家的写作历程既可以是公开的,也可以是隐蔽的、半公开的或者半隐蔽的。公开和隐蔽之间,也存在着多种可能性。

在现代社会,每个人都是书写生活、记录我们内心风景的作者。每个人都能成为作家。

行动篇

XINGDONG PIAN

认知结束,行动就开始了

首先,我们面临选择的无限性。

其次,在认识到我们的自由时,我们面临行为模式的重构。在重构的模式中,我们的行动开始了。

1967 年,与罗兰·巴特同时代的法国哲学家德波的《景观社会》问世了。在德波眼里,“在现代生产条件无所不在的社会,生活本身展现为景观(spectacles)的庞大堆聚。直接存在的一切全都转化为一个表象”。我们的周遭,早已被各种各样的生活表象的意义所占据。以下的生活体验,完全来自这个世界的社会观念系统和景观社会的编码原则。

一早,你起床,就被约定的景观模式和由之导致的行为准则所包围。拉开窗帘,看见窗外的天际线或者公园一角、街角的商店,快递员、小商贩、学生们在熙熙攘攘的街道上忙碌和奔走。这个景观,间或还有孩童吵闹的噪声,宣告了生活就是在尘世中忙碌和奉献的替代词。同时,我们从居住的小区公寓里,出门,下电梯,再经过几趟公交车或者地铁的换乘(有时候是自驾),来到了人声鼎沸的街道。如果你有幸生活在大城市,这种街道可以说充满一种鼓励你投入这个世界的视觉构成。这种视觉构成包括街道和商业地产的格局、街道的宽度、路面的质感、大屏幕广告的位置、鳞次栉比的楼房的排列……给你一种商业的规则和事业的规则是同一回事，城市的繁荣和人生成功的规划是同一回事这样的认知。

你的行为也成为景观。你上班时，必须穿着被企业文化所认可的工作服。你的服饰、仪表、姿态、说话的声调等，都必须符合这个世界的文化规约。要不然你就会被当作一个格格不入之人，一个与这种承诺你获得成功的文化差异太大的人格持有者。你被一种无声的承诺所劫持。当然，眼下，这种劫持来得慢悠悠，你根本看不到它的步伐、它的形体，因为一切都是在一种心灵的维度里发生的。世界提供了一个舞台，而你只是这个舞台上蹩脚的演员而已。你再出色，也只是一个演绎他人创造了脚本的角色而已。

历史辩证法（黑格尔）告诉你——这种信仰组成了你的历史意识——你只有出人头地，才有可能拥有自己的发言权，拥有自己的言语标记，拥有自己的行为记录。这种信仰让你接受了这个世界看起来多么乱糟糟的外形。你的信仰还让你坚信，世界越来越好。不至于像电影《银翼杀手 2049》那样，未来是一个尘土飞扬的世界，生态危机已经让人类举步维艰。你有可能在某一天清晨，手握一杯咖啡在街上行走时，被人撞了一下，或者撞了一下别人。这导致了小小的尴尬。你会不假思索地脱口而出：对不起。似乎这一切都是你的错。殊不知，你一不小心说的一句道歉之语，都是带有韦伯的资本伦理的象征之语（文化之语）——似乎每一句话背后都是这样的誓言：我来了，我接受这个世界的准则，我要成功，我希望你看到我的努力。你被建构成为大众的模样。同时，大众生活的意义，也被这些事物所占据。

意识形态、此时此地的要素，共同构筑了大众文化的基座。换言之，你在这座城市中的每一个言行，都是被道德社会和景观社会合谋创造出来的。

德波的理论，是一把双刃剑。它告诉我们，生活可以被表象化、景观化——德波发现了作为现代人的“表象化”处境。这与鲍德里亚发现美国是个“拟象的国度”的道理一样。但是，景观也可以被重新设计（德波用这样的词汇来说明存在着一种颠覆和超越，或者简言之是对“景观”的“越狱”）。

发现风景与成为风景的主角是一种互为依赖的理论。我们人类的二律背反，说的就是这种现象和思维。

面对这种处境，本质上具有“基础个人主义”特性的我们可以选择，可以行动。

2

居家是一种行为

过马路是一种行为,居家也是一种行为。除了在家里劳动、写作、自足地生产,或者做必要的家务,还有一种居家的心境模式。譬如,是栖居,还是旅居;是永居,还是暂居。居住是为了工作,还是将栖居的状态调整为诗意的境界(见图6),将工作处理成"恋爱"的状态,其中大有讲究。

将家建在一个风景秀丽的地方,也许我们做不到。但是,把家庭的微观世界建设成阅读的世界是可以做到的。富贵人家的庭院,和小康人家的书房是平等的。1957年,法国哲学家巴什拉的《空间的诗学》,是二战之后最早的关于空间诗学的建构之作。在现代主义晚期建筑文化快要窒息的氛围中,此书从现象学和象征意义的角度,对建筑展开了独到的思考和想象。作者认为,空间并非填充物体的容器,而是人类意识的居所,建筑学就是栖居的诗学。书中最精彩之处,莫过于对亲密空间的描绘与想象。巴什拉以他无与伦比的行文和辞藻,建构了一种现象学意义上的空间诗意——家宅作为一个整体,以及家宅中的庭院、卧室、厨房和类似抽屉、楼梯和窗户这样的构建对于整体诗学的零件意义。家宅的意象反映了亲密、孤独、热情的意象。我们在家宅之中,家宅也在我们之内。我们诗意地建构家宅,家宅

图6　曲径通幽和无遮挡的视野的融合，是诗意栖居的一个境界

也有灵性地建构我们。

同样,空间诗意可以从无限的方向和维度进行建构(在整体和单元的意义组合世界里,蕴藏着无数的可能性),譬如,书房的空间,可以依据元素的差异,营造古雅、质朴、博学、小资、惬意、自然等意义和风格。它们可以朝向知识开放,也可以朝向人类的良知,或者朝向一种精致的生活、有情调的生活开放。当然,除此之外,它们也可以朝向“适合阅读的世界”这样的价值和意义开放。而且,这种意义的取舍,最主要的条件不是那些书架和书籍,而是作为主人的你,是否具有个体的尊严,以及是否具有主宰自己时间的能力等。

过马路也是一种行为和生活

在过马路这件事上，有着人类生活的全部缩影（见图7）。我这样说，是因为在一个路人的急促、甚至不顾他人的姿势中，我们读到了生活的窘迫；在一位女子的休闲姿态中，我们读到了生活的优渥、教育的良好和社会的和谐。记得2010年，我在英国利兹大学访问。生活在这座工业城市的半年时间里，我对这座城市过于发达的道路设计印象深刻。从地理空间上，利兹这座位于英格兰北部的城市，是连接英格兰北部地区和苏格兰地区的交通枢纽。在利兹，可以体验处在环线内部的城区相对静谧和惬意的生活空间，但当经过城市的交通主干道时却也能感到一种因为密度过高的车流而导致的对身体的压迫，很容易产生焦躁的精神症状。在我斑驳的记忆中，在这些交通枢纽中过马路，成为黑色记忆。其中有一首诗，我是这样直言不讳地写的：

一秒钟的时间

利兹 喧闹的街头 红绿灯下
你步行穿过 有一次 离绿灯还有一秒钟
等待在黄线后面的汽车 就疾驰过来
你的脚步停留在离人行道三米远的斑马线里

图 7　过马路是组成我们当代生活的一个关键行为

就像在流水线里的一个固定的螺栓
就像港口里的一艘搁浅的海盗船
你变成休止符
你停格而周遭是流动的英国
傲慢的日不落旗帜
迎风招展

这相差的一秒钟时间
是文明的一秒钟
种族主义的一秒钟
是黄皮肤和白皮肤
面对面坐在咖啡桌上隔岸观望的距离
是楚河汉界和英格兰长城握手言和的梦想
是笔直的大不列颠军舰 携带鸦片驶进长江口岸
和戊戌变法的曲折
三寸金莲里的含蓄 紫禁城的幽暗
在美学上邂逅 吵架
以后 又在一壶
法国产的太虚葡萄酒里
一起和解的那种
乡愁
是一言九鼎的成语和莎士比亚
相遇在“皆大欢喜”里的似曾相识
是九九归一的古训和西洋镜在历史
斑驳的灰尘里重逢的那一刻

哦 这一秒钟时间何其漫长
你在君主立宪制的日历里逃遁出来
从威斯敏斯特大桥连接伦敦南岸和北岸的宏大桥墩那里
脱离资本主义的阀门
并且开了个小差 远赴瘴气肆虐的热带
那里 一个人组成重洋
乡愁
唾手可得

我们势必在哪里汇合过
历史把我们强行拆散！这原本是不存在的
一秒钟时间 是竹简里缺少的文明
是泰晤士河与黄浦江的水流漩涡
直径与直径之间的距离
是度量衡里的
毫厘之差
在一秒钟时间里
每一个中国人
失去 又获得
酣睡 又醒来……

旅行的意义:出发

进入现代,人类生活中的一个内容或者切片,是旅行。对旅行的描述也是无穷无尽的,可以称之为旅行的诗学。

我会在旅行的一级序列里,切分出"出发""过程"和"抵达"等二级序列。在"出发"的二级序列里,我又可以切分出三级序列,诸如"停顿""边走边看""沉浸其间"等。而且,二级序列和三级序列只是一种用文字表述的方法而已,我完全可以另起炉灶,对之进行重新划分。按照上述的划分,旅行只是一种文化习俗和我的心情、情感等主观因素而已。

而且,这只是一种抵御日常生活的单调和被控制的策略。正如,在人类生存意义的大门类里,我可以随意调整其内容,既可以是生死、行动、成长、养育、孝敬、享受、善待、牺牲,也可以是行动、爱、奉献、获得、成功、幸福、道德、合法。正是由于"人生意义"这门课程可以随意调整大纲和目录,我才对人生意义的挪动具有了客观认识。

那就是,我逐渐认知到"我们被建构的生活的意义,原来是可以位移和调整的",以及对于人生意义的设定,完全出于"我何以排列之",完全有赖于"我何以认识之、我何以情动之"等主观因素的影响。

于是,我们的“人生意义”之划分丧失了神圣感。

但是,毋庸置疑,在这种信仰的丧失中,我也捕获了真理。那就是,我逐渐领悟了“任何划分都是随意的、相对的”这个爱因斯坦式的真理。

在这样一种狂欢的思维下,我的文字变成了一种自由游走。

我决定先描述一下“出发的价值”,在均质化的思维里,我也可以描述“在途中的意义”“抵达的价值”。我可以在第一个序列里,描述诸如“抵达的快乐”“过程的快乐”“目光所及的快乐”“俯瞰和远观的快乐”“微观和五官的快乐”“气息的快乐”“滋味的快乐”等。随后,在路线的次级内容板块里,我可以描述诸如“诗意的生成”的状态,我可以采用一种感性的标题,如“一次赴海宁旅行的叙事学”。旅行是一种元叙事。它是关于叙事的叙事,它是思考人类的叙事是如何被创作出来的一种思想和行动系统。我开始行动了。于是,有了接下来关于出发的文字。

海宁离我所在的住宅区,仅有几百米。可以说,我生活在海宁和杭州的交界处。只要散散步,我就可以往返于两座城市。每当我午后散步或者去奥特莱斯,都会冒出来这个念头:我在走出城市。但是,城市界线本身就是被制造出来的、毫无意义的这种想法,马上会覆盖之前产生的念头。我对自己这种虚无主义的念头产生了一种“无意义中的意义”的认同。叙事,从最本质的意义上来讲,也是无意义的,它的虚构或者建构是虚无的,因为“正在创作一个艺术作品、正在写作一个故事”之中的“作品”和“故事”都是人类的发明。它不存在于文明或者文化之前,也不存在于语言之前。于是,任何故事都是虚无的这种事实,使跨越杭州和海宁地界显得荒谬。就像故事的结构(起承转合)也是荒诞的。它不存在于世界存在之前,它是人类发明的一个对于世界解释和认同的赝品。柏拉图说得对极了。

好了,我带着虚无的念头跨入了海宁。这个事实被我认同了,这个意象被我截获了。我的海宁之行,与阿伽门农的悲剧无异,与俄狄浦斯王的故事无异,它们都是无意义中的意义。于是,当我想到这一点的时候,原先虚无的海宁之行竟然一下子显得不再无聊和虚无了。它带上了一种向死而生的神秘色彩。这会儿,柏拉图又被我遗弃了。在时光的沙滩中,我捡到了埃斯库罗斯这枚宝贵的贝壳。于是,我想到,我正在生活,正在经历生命中一个十分有质感的过程。

我遇见了一个玻璃拱廊。我遇见了景观。但是,这种景观不再是德波所谓的被控制的"景观社会"里的"景观",或者福柯所谓的"全景监狱"里的被监控的景观,而是一种左右逢源——经过你与生活的紧张协商得来的有益之物。我们可以称之为信手拈来的"心灵景观"。

我住在下沙大学城北边的果岭小区。当初选择这个地段的时候,有一个亮点我十分在意,那就是它在城市的尽头,准确地说是与海宁交界。一般城市尽头就意味着荒蛮和粗鄙,可果岭不是,它坐落在钱塘江畔,于是这个位置就有了地理的多元性。此处不仅来回校园十分便利,早上跑步时还可以有多种选择——既可以在钱塘江大坝上,也可以在贴着海宁地界的高尔夫球场南边的笔直林荫小道上(它足足有一公里多长,一个来回就是三公里的路程)。我可以随便散散步就到了奥特莱斯,还可以享受那儿有点像世界公园般洋气的购物环境——有巨大的彩色玻璃穹顶的购物长廊。这种被本雅明和波德莱尔所仰慕的都市的气息，在海宁这么个小地方，如同文明之花兀自开放。它是模仿之花。拱廊是19世纪法国现代化都市的象征，而今天的奥特莱斯，模仿了这种象征性意味的、非东方的建筑形式，说明它在骨子里寻求一种与“洋”品牌吻合的购物环境——这种意图至少是值得肯定的。好了，现在说说模仿的现代性拱廊的好处。对于中国普遍的商业环境，它已经算是接近顶尖。它明亮、宽敞、公开，让你得意忘形。于是，你可以让你的思想撒撒野，让你的身体放飞一下，再在咖啡店来一杯咖啡，简直可以说“嗨”到了家。

许多时候，当我在阅读的间隙朝这色彩斑斓的玻璃穹顶一望，我似乎会故意（傻瓜般地）遗忘我在“何年何月何地”的现实性，把自己想象成波德莱尔或兰波，或者作为他们肉体的“借尸还魂”。我有这样的思想需要。然后，片刻之后我回眸此刻，我便又有了梦里看花般的朦胧感和模糊感。我介于非我和非他之间，这中间性的感觉，实在太美妙了。

我可以描述“多种选择背后的诗意”，现在该说说上班了。我有很多种选择。第一种是乘坐校车。我可以开车或者打车到学校，然后乘坐校车到达其他校区。第二种选择是可以从果岭乘坐公交车到文海南路乘坐地铁一号线，再在客运中心换乘九号线到杭海城际线，最后在桐九线下车，这个地点离桐乡的高铁站就不远了。我可以随意安排余下的行程。当然，还有一种更为诗意的方式，我可以先在星星港湾这边的光头农家菜吃个午餐，那里有四五十块钱一条的水库白条鱼，吃完饭打个车到海宁火车站西乘动车到桐乡站，或者到杭海城际线的最近一站（譬如说余杭高铁站)，再换乘去桐乡的高铁。总之，有了这么多的选择，一路上大可以看看书、听听音乐。一个钟头不到，桐乡就在咫尺之间了。

是的，不是因为这些线路本身是有趣的，而是我的选择是有趣的。趣味就这样进入了生活空间，与我狭路相逢，躲都躲不开。有一个十分简单的道理，许多人都不明白，即我们的生活态度和生活情绪是可以虚构的。而伴随着这种虚构，场景的要素也十分重要。

说白了，我为什么选择地铁上的一路呼啸，而不是方便的直通车，是因为地铁这个事物，实在可以开发出无穷的诗意。如果巴特健在，他老人家一定会说，铁路至少有三层快乐和惊奇。第一层，就是它的物质性。它“哐当哐当”的声响，是一首世俗意义上的旋律和音符之诗。这种音符之诗的恰到好处在于，它是即兴的演奏。此刻你的一个回忆瞬间、一个感官意义上的意象、一次来不及汲取的童年意象，都会像井底水桶一般被打捞上来，如同意大利隐逸派诗人蒙塔莱笔下汲水的轱辘……你可以拥有回忆的世界。当然，如果把回忆的世界和现实的世界混淆，那么，你已经到达修行的最高等级了。你在两个地带穿行，而幸福如影随形。

第二层快乐是他者意义上的。在地铁上，我们总可以遇见那些心仪的面貌和身影。但你将这种欢欣掩盖得恰到好处，可以在地铁飘荡的万千意象中撷取那些碎片化的对你的记忆有着滋养作用的部分(否则你会走火入魔)。你恰到好处地调整了情绪，也让自己抵达了一种生活情调所需要的混沌感和不清晰感。这种暂时的脱离结论的感觉是如此美妙。你为斑斓的碎片所吸引，你为潮湿的碎片所礼遇，你为善意的一瞥所虚构，成为别人眼里的风景，你为一次开门的动作和意象的丰富性而喜悦……总之，你体验了世界的丰富性。

第三层则是聚合的意义。此刻，你不再想民间故事、想庸俗的电影故事，你不再体会教科书上的戏剧的封闭性，而是体会到了剧场的多样性和无处不在的生成性。你随手就可以聚合几个意象，让它们生成一首史蒂文斯《十三种看乌鸫的方式》一般的诗歌。此刻，你可以让一件并不愉快的往事，融入一种悲剧感的氛围中，从而赋予它狂欢的意味。是的，这一切都是因为符号学家说过，世界可以是组合的（有逻辑性和封闭性的），也可以是聚合的（诗意的、随意的、无逻辑性的）。正是聚合的剧场效果，让你过去的10年时光，充满了一种色彩斑斓的现实主义诗歌的效果。它是对你生命价值的“实现”。

“出发”被我描述成这个样子。我完全取得了主体性。我成为我生活的主人。

5

旅行的意义:过程

接下来是过程。我准备描述“去一个县城的美好旅行蓝图”,我又信马由缰了。

去海宁也有这种乐趣。海宁美好的地理结构和历史经验,正在给我一种故事意义上的营养。我在海宁闻到了潮水的味道。钱塘江在海宁的南部,而海宁的姿态就变成了一个裙摆曳地的少女的静卧姿态。如果我再深入腹地,譬如在盐官这个历史悠久的小镇流连忘返,我会邂逅王国维故居。而地理的质感,正是海宁叙事(或者旅行)的一个描述对象。我可以在内心摊开一张白纸,将此刻盐官的天高云淡写进去,我也可以将秋高气爽时节的海宁潮的那种气氛编入我的盐官虚构故事中。这是故事的纬线。

如果我嗅觉灵敏,一定闻得到王国维故居里透出的故纸堆的味道,一个知识分子的味道。我可以左看右看、横看竖看,打量王国维如何将海宁潮水的故乡味道和一个带有腐朽味道的朝廷,进行一番合理的虚构性糅合——如同揉面粉一般。我潜入了历史的氤氲之中,因此有一阵子,我感到呼吸困难,几乎就要在深入潮水的某个时刻晕厥过去。于是,我放弃,或者吸入一口钱塘江的新鲜空气之后再度潜水——这完全取决于我。在这个虚构的事件中，我获得了陈年故事的丰富细节，姑且称之为故事的经线。

好了，现在，我乘坐杭海城际轻轨可以轻松地到达海宁长安镇，或者在桐九线下车去桐乡。但是，一种克制的自律又让我继续旅程。我已经虚构了去海宁了，所以任何一次下车和中途的插曲，都是对上午时分虚构故事的那份崇高感的亵渎。想到“亵渎”两字，我打消了在桐九线下车的想法，甚至在我的潜意识里屏蔽了去桐乡的念头。我的故事一意孤行了。

海宁到了。但是，在皮革城下车或者海昌路下车，又成为我编排一次旅行的“结构性”考量。如果选择皮革城，意味着故事的结构可以稍微简单一点，也不会一波三折，故事里的主人公们也可以少走一些弯路，变成一种煽情的偶像剧的平坦叙事。但是，如果我选择了在海昌路下车，故事的曲折程度显然就稍胜一筹。然而，我在选择的时候，其实也知道任何事情都没有绝对性。我的结构之思，会影响我的主题之呈现。同样，我应该更注重故事内容的技术，也因为我在应全神贯注地投入时竟然开小差而显得“脱域”。我会因为心有旁骛而让故事的流畅性和深刻性大打折扣。但是，这就是我。我本身的人格状态，决定了我的故事的一种伦理学的深度。

但好在我有弥补的手段和措施。我可以乘坐公交车，遇见徐志摩的诗歌朗诵，遇见退休的海宁大伯大婶，遇见所有琐碎的小事。我也可以选择，在公交车离终点还有几站的站点突然下车（一种神经质的人物，被编织进了我的故事中，意味着性格这个要素的加强）。我可以散步去终点（事实上，这一切均是虚构的），也可以如同一个无所事事的流浪者，再次打开支付宝来个滴滴快车的订单。下公交车再上出租车的这种无厘头行为，可以理解为在故事本该行云流水的叙述中，一次次由于人物性格缺陷(怪癖和嗜好)导致的意外，它们也决定了故事的风格和故事的结局。现在，因为我这种怪兮兮的行为，故事已经面目全非。

然后我就可以在海宁找一个旅馆或者咖啡馆了。它们大有讲究。因为如果选择旅馆，意味着我的故事将有夜晚的设定。而如果仅仅是咖啡馆，我将大概率地与故事说再见，而展现某个事件切片里的时间。它们有可能仅仅是几个小时而已。但无论如何选择，我的故事都会只发生在一天之内。因为海宁之旅已经被我设定为一天的短期旅行了。我不可能推翻预设，在 24 小时里再天马行空，来个时间穿越——我写的题材，不允许有时间穿越这样的情节产生。这一天的时间设定，聪明的读者们很快就会发现，既不可能写下史诗，也不可能进行伟大的艺术实践。话说回来，如果我有良好的戏剧写作训练——譬如得到莎士比亚的真传，我则真有可能写出更符合“三一律”的戏剧性题材。但是，我是一个平庸的写作者。于是，接下来，我是依靠事物的琐碎感，来完成这个旅程的叙事的。

我完全按照事实的反面来虚构细节——这一点倒是我的能耐。譬如，我写下“打开锈迹斑斑的水龙头”，事实上，在海宁这座现代化之城，旅馆里的水龙头都是崭新的，到处都是金属质感的光芒；我写下“在‘吱嘎吱嘎’的床垫的音乐声中”，事实上，酒店的床垫是一种硬质材料，躺上去非常舒适。我现在的经验，完全与过去写作的一种程式性经验和用词习惯不相吻合。于是，写作的瓶颈期就出现了。我打开电视机，刚好看到一部日本电影《镰仓物语》。这部电影里也有一个写志怪传奇的作家的瓶颈时刻。我觉得,这一刻,我像极了这位带着学生辈分的妻子,来镰仓安家和写作的作家。

在旅馆或者咖啡馆“精神躺平”的时候,一种新的构思竟然出现了。我冒出了一个改弦易辙的念头,用一个后现代的、平面的、碎片化的故事,来替代之前虚构的传统故事的模式。我说到做到,于是磨刀霍霍就干了起来。我写出了“湿漉漉的地铁之花”一般的诗句,我兴奋极了,把海宁银泰城的每一个店铺写进去,在后现代的、平面的、碎片化的写作中,我之前的顾虑都一扫而空,因为后现代就意味着意象和结构的完全平等。在后现代的文本里面,形式就是内容,细节组成了强大的自我推动的力量。字句和字句之间的逻辑关系,让位于它们的当下性。而每个词汇的历史性和文化性联系,也被完全遗忘。

对于这一点,你可以说,忘恩负义,也可以说,一切推倒重来。但是,哪怕在这样的后现代思维中,一种故事的本能还是冒了出来。我面临住下来,第二天回到杭州,或者今晚就回的选择。在选择的过程中,我遗憾地发现,我是一个假冒的后现代主义者。因为我是这样想的:如果住下来,明天一早就可以去鹃湖晨跑了。这个湖泊如此美好,在我的心中占据一定的位置。在我数次去海宁的旅行中,这个横卧在海宁东郊的天然湖泊,其怡然自得的高贵姿态,已经深得我心。“明天”,是的,它泄露了天机,意味着故事在我心里不死。这在别人看来似乎正面的情感,在我看来十分沮丧。因为通过这个事实,我绝望地发现我是一个平庸的还想写出故事的“伪作家”。另外一重沮丧来自对本我的再度发现。我愿意在第二天晨跑这件事,除了暴露了我的故事性原始冲动,还暴露了我的情感。

我为此愿意重新构思我的这篇旅行记。譬如,选择一种时间元素,在破晓时分的鹃湖(见图8),可以感知到这种天空被一道光剖开的激情,而在大城市上海和杭州,如果你没有漫步到这座承接天光的湖畔,你是无法感知到这种生活的意义的。又如,选择一种空间元素,在鹃湖,你可以选择远观,也可以走湖畔的木制栈道,还可以选择在充满野趣的滩涂上撒野(见图9)。因为鹃湖的滩涂,充满着野性的未被文化符号所规约的沙砾和实在的风景。

从宁波回杭,经过余姚和上虞,眼前是一望无垠的碧绿田野。像《麦田里的守望者》里的少年主人公,捕获了真诚和对人生、对成人世界的理解。我也像一个守望者,捕获了一种我需要的"旷远"意境,一种大自然的造化的善意。在这样的凝视中,碧油油的农田尽收眼底。这是记忆里的农田,是我们永不褪色的大自然的馈赠。它的浩大,就在于它的一望无垠。它的无私,也在于它可以在一个季节里,成果丰硕,稻谷飘香,然后腾空自己……对于火车上的旅人来讲,观望这些碧绿田野和它周遭的地理风貌,比起观望高楼林立的城市,更具有意义(见图10)。这是另外一种生活图像的复杂性,这种复杂性中的元素是感性的,并拒绝那种"规约的文字和语法"对其纯粹性、生成性的玷污。

而在南浔小莲庄里的某个撒野姿势,它的意义也是开放的(见图11)。我可以闲庭信步、可以信马由缰,可以酝酿一首诗歌,甚至可以来一次狄奥尼索斯般的放纵。

图 8　破晓时的海宁鹃湖

图 9　海宁鹃湖的滩涂

图 10　在野外或者火车上，可以窥见生活图像的复杂性

图 11　在南浔小莲庄撒个野

⑥ 旅行的意义:抵达

在旅行这个大概念、大门类下的一级序列——“抵达”的次级序列里,我也完全可以信马由缰。我可以描写美食,可以描写对空间、天气、文化的感受,以及这许多因素随意组合而产生的混合感觉。

在卡尔维诺的《看不见的城市》中,我们看到,这位意大利的著名作家描述了地理和历史,描述了沧桑。沧桑这样的感受,如果没有前后同一种事物的比较,则不会产生。正是“年年岁岁花相似,岁岁年年人不同”的前后比较,才有了我们感知系统里的沧桑感,或者悲怆感。

而在帕慕克虚构的《红发女人》里,主人公所陶醉其间的城市,离他打井工作的遥远的枯竭山区有着不近的距离,因而他窥见外部世界有一种机缘和恰当的距离。他看见并且深深爱上的杂技团红发女郎,与其说是一种人类无条件的、汹涌的“对他者的爱”“对异性的爱”,不如说是乡村对于城市的热爱,穷乡僻壤对于灯红酒绿的都市的热爱。我们通过阅读抵达这个故事的城市,因此显得其具有一种真真切切、扑朔迷离的魅力。这就是小说中一个地点或者城市本身具有的美感。读者抵达了这个城市,但分明也被作者雾里看花的功夫所征服。

我们完全丧失了对它的超越之情。我们宁愿沉浸其间,迷失于作者提供的几个少数的因素,例如几条街道、几个人物牵引的故事线组成的地理和情感氛围之中。这与现代的旅行毕竟不同。

在现实中,抵达是空间、时间、文化、历史诸多元素的集体爆发,我们获得的感知,是上述元素(无限的组合和连通的可能性)通过块茎这样的内在脉络,相互影响、相互杂糅而成的。

譬如,我描述,与出发的快乐相比,短途的抵达也充满了一种欣喜之情。这种欣喜,对于第一次到达这座城市的游客而言,具有如下意义:由崭新的城市布局、气质、风格和流动的事物(空气、水和人流)生成的新鲜感。

到周边的城市,也是一种抵达。

如果你设定了一种宏大的人类行为模式的话,此抵达和彼抵达之间,没有大的差异性。

譬如,去余姚这座以王阳明为符号的城市,就有这种生成的惊喜。余姚是一个县级市,高铁也延伸到了这座城市。与余姚邻近的慈溪,就没有这种幸运。余姚隶属宁波,经济还算发达。余姚是王阳明的故乡,王阳明故居吸引了络绎不绝的游客。而一个捕捉生活之美的游客,更在乎王阳明故居的内在性。由于人物本身的传奇色彩和这种传奇为这个建筑带来的神圣感,在这种象征意义之外,你还能触摸王阳明故居的建筑格局、它的每一间风格独特的居室与生活的内在关系(譬如私密性、敞开性、与亲人和客人的交流性),那你简直已然是人上之人了。

相比之下，长途出行之乐带来的心灵滋养更为长久。

长途旅行之乐，会让你发现一种文化差异，一种民族、民风、肤色之类事物引发的他者性。我在《旅行的诗学》中说过，旅行，一般具有三重意义：第一重是选择目的地的意义，第二重是在旅途中的意义，第三重是异乡的象征意义。

长途旅行之意义，就包含在第三重意义里。

另一种快乐:寻找差异性

不仅旅行的出发、途中和抵达,充满了可以描写的无限的内容,旅行速度的快与慢,也是值得描写的。譬如,我选择的标题是"旅行的快与慢,是等值的"或者"在旅途中滋生的悲剧感,是必要的"。

乘绿皮火车去德清,充满了慢的快乐。

乘绿皮火车就是这样激发生活实在感的方式。一些事物,不在我们的报纸和书籍里,一般也不进入我们的言谈,但是,它们确实存在,且在事物的谱系(序列)里熠熠生辉。在喧嚣的都市里,工作累了,你可以买一张绿皮火车票,在一个散漫的周末,开启你的漫无目的的旅行(见图 12)。你会碰见一些有趣的事物,譬如,绿皮火车里的硬座、硬卧(脏兮兮但是有人情味、土里土气但是又有足够的舒适感);列车员每隔一段时间就上来推销各种商品,从廉价的皮带到魔方玩具,再到各种地方特产和新鲜的当季食物(如新疆的红枣、奶酪,广西的芒果,山东的苹果等),这些特产的归属,一般与该次列车的始发车站和归属的铁路局相关。济南铁路局始发的火车,一般会出现山东泰安、青岛的特产;河南出发的火车,会出现洛阳产的真空包装的烧鸡。

图 12　春日暖暖，乘坐绿皮火车，来一次出发

绿皮火车里的座位，也是颇有味道的。2023 年“五一”假期结束后从上海回杭，我就坐在一列 K 字头绿皮火车的硬卧车厢里。该趟短途列车，票价是 75 元，与一般动车的一等座、高铁的二等座价格相当。虽然硬卧车厢的条件不如软卧——它的床位局促，左右均安置上中下三个铺位，一个隔间要放六张狭窄的床铺，但是硬卧价廉物美。那天，从上海到杭州的所有动车票全部售罄，我在剩下少得可怜的 K 字头列车里选择了中午时段的硬卧，且是上铺票。我心怀一种怀旧之感，走进了久违的硬卧车厢，放好双肩包，脱鞋，有点费劲地登上三层的上铺。我的行程刚好两小时，于是我睡了一个午觉，余下的时间就坐在硬卧车厢

一侧可折叠的小椅子上。下午的阳光，恰到好处地照在了我这中年人的脸上。我没有英雄事迹，但也不至于猥琐。一个小时的美好时光被我记取。但是，当我在这个时空里小憩时，不得不说，我十分满足。因为在这种由阳光、移动的风景组成的空间里，朝时间和空间世界迸射的意义元素的发散和自由的组合，是最为迷人的。

有时候，悲剧感具有积极意义。

在生活中大家喜欢喜剧，欧美和亚洲发达国家中电视剧的流行，就说明了这点。在中国，一些年轻人追剧的热情可谓高矣。而且，大家喜欢的美剧、日剧和国产剧的叙事，大多数都是参照喜剧的（成功路上坎坷和大团圆结合的）模式。

但是，有没有这样一种逆向思维模式对我们今天的人类有裨益呢？譬如，我认为，适时营造一种悲剧感，对自己、对别人都有好处。这句话有多少人认同呢？

我的理由非常简单——在现代社会，生活有了极大的便利，但有一个无处不在的现象，那就是外在的世界可以形容为巨大，轮船可以是万吨巨轮级别的、铁路可以豪迈到覆盖万里国土、高尔夫球场也是庞然大物、摩天大楼可以巍峨得令人震惊、从高处俯瞰城市也可以令人叹为观止，而我们内在的世界却越来越渺小、无能、封闭、卑鄙，令自己厌恶。由于这样的反差，现代人也时常产生诸如“我是无用之人”“我是社会外的一粒颗粒”的叹息。久而久之，各种抑郁症和精神症状就容易产生。

面对这种现代性赋予我们的美与罪，我们何以应对？难道，外面的世界，真的是阻碍我们通向幸福的绊脚石吗？难道，心外无物这种古人智慧的修行方法，现代人就做不到了吗？于是，基于我们渺小感现状的一种生活的哲学呼之欲出。事实上我们的确需要智慧。

对于我,一个往返于杭州和桐乡的平凡之人来说,我的方法就是通过营造一定的悲剧感,来消弭生活中的种种负面情绪。

有人疑问:“悲剧感,怎么能够消弭负面情绪呢?它自己不也是一种负面情绪吗?”

“是的,”我回答,但是我会补充,“此负面情绪不同于彼负面情绪,说得形象一点,这叫作两两相克的做法。”

“听起来有点道理,但关键是那又如何做到呢?”

于是,我开始布道般喃喃自语了——

“就拿上班这件事来说,在别人眼里它平凡无奇,可以说毫无波澜。但是,在一个生活的调香师那儿,就可以营造出风生水起的效果。”

现在来说说我最近一次驱车去桐乡的情感效果。那是寒假的一天,雨暂时不下了,我打算去桐乡的公寓整理我的书架。那天,我心情大好,因为一想到那些没有“户籍”的、凌乱的“书籍”就快被我这个爸爸整理出人模人样的效果,我就开心。我没有打开平时听惯的 FM 96.8 音乐调频,而是放了电影配乐的乐曲。结果,我又一次为自己营造了一个悲剧感的氛围。电影的音乐,如果按照顺序,会依次从《卡萨布兰卡》《乱世佳人》《音乐之声》到《西区故事》《阿拉伯的劳伦斯》轮流播放,但是,当我的车进入杭申高速的嘉兴入口的时候,突然,一种雄壮的音乐声,把这种汽车驶入匝道的感觉,卷入了一种类似阿伽门农“归来”一般的悲剧感效应中。我知道这不是关于我此刻实际上洋溢的幸福感,而是关于情感的记忆系统的。它们如同零件,丢三落四地兀自散布在我大脑深处的庭院，现在，一种雄壮的荷马史诗一样的音乐——也许是《阿拉伯的劳伦斯》的主题曲，把我卷入了一种天底下所有英雄归来的情绪节奏之中。

于是，我化身为曾经经历特洛伊战争的阿伽门农，或者是悲剧中的俄狄浦斯王。我在刹那间——在高速公路这个路规十分严格的空间里，再一次让思维诗意化，走向了一处与悲剧共振的时空。这样的情绪陪伴着我，一直到抵达桐乡的寓所才停止。我要说，这种音乐和空间适时营造出的（带着史诗感的）悲剧感，既是一种艺术的享受，也是对我生命经历的抚慰。我每每想到这次经历，都会再一次感到对生命的满意。

这是一种夹缝中求浪漫的生活方式，一种在现代拥挤的社会里辟出一块农田，进行顽强耕作的行为艺术或者返真艺术。如果你不介意这种行为方式背后的“悲剧性”，那你有可能是一个特别不善于表演的传统人，你还没有被复杂的社会训练成一个可以应对世事、继而游刃有余地生活的现代人。

如果你接受了我这种面对不堪、快速和暴力的时空流转时而采取的中庸之道，那么你也几乎认同了我的生活方式。

这种生活形态（外观）看起来与常人无异，但是，相异的是一种观念——别人被生活牵着鼻子走，你牵着生活的鼻子走。

这年头，依靠这种强大的引擎的牵引，我可以让思绪抵达任何我想去的地方，事实上，这也是我可以到任何地方的一种动力和智慧——于是，我的足迹也遍布了五大洲（美洲、欧洲、非洲、大洋洲、亚洲）。我成了一个在行走哲学这件事上有点造诣的人。

倘若有人问：“这里面，难道没有一种一脉相承的东西吗？”

我会皱眉故意让他多思考一会儿。

如果他终于悟道,说:“我看出来了。”

我也会故作停顿,再次鼓励他把话说完。

于是,接下来就是我的收获。他说:“是一种对生活的悲剧感的营造,是把在世俗生活中已经被资本抽走的崇高感和悲剧感,重新召唤到我们本来无趣的生活中来的技巧。说到底,也是一种修行的过程。一种不需要一分钱就能够做到的与生活的和解。”

“你说得对极了,生活是值得膜拜的,正如生命。知道这一点,你就必须虔诚地活着,好好地活着,有尊严地活着。而尊严,是需要自己的心灵建构的。”

“懂了,老师,是我们自己可以把自己充满仪式感和尊严感的生活看作是一件天大的事情……是我们自己把自己当作一个人,是我们自己建构我们所需要的一切,而不是等待救世主伸出援手。事实上,这个世界上,伸出援手这样的行为,是自欺欺人的。没有救世主,也没有一种外在的力量,可以挽救你于无尽的物质沉沦之中……”

我满意地笑笑,不发言。学子领悟了。

“好的,这一课得益匪浅,我将时刻牢记老师的教诲。”

“好吧,好好活着。30 年之后我们再相约吧。杭州老地方见。”

短途旅行和长途旅行,是等值的。

短途旅行是一种祛魅的旅行。它以日常生活的实用性伦理为出发点,而不在乎长途旅行或异国旅行这种行为背后的象征意义,譬如财富、奢华、幸福、一生的承诺等与旅行无关的附加之物，它在乎的就是旅行时的身体、时间、空间带来的生活的饱满之激情。

旅行的短途与长途，也是可以任意剪裁的生活的素材。我时常做短途旅行。那种在一天之内，往返一个县城，或者乡镇的那种轻旅行。那种旅行不用带很重的电脑、用于更换的衣服之类。我只需要背一个双肩包就可以，说走就走。晚上甚至还可以回到杭城游泳。这种安排妙不可言。同时，我也不排除长途旅行的意义。

8

另一种抵达:在域外行走的快乐

在第三种旅程的意义里,异域(他处)的意义更为突出。它们构成人生中的绚烂之花——不同于波德莱尔的“恶之花”,而是一种异乡的蓝楹花,一种你从阅读中得来的知识浇灌的花卉,一种在西方哲学、西方文艺理论和西方现代派小说里盛开的异乡之花。

以我10年前的几次美国之行为例,在整个行程中,我充满了一种对于抵达一个陌生目的地的兴奋。同样,作为一个作家,我对美国城市空间质感的描绘充满了激情。通过造访一个陌生的地域得出的感受,比典籍和历史里的记载更为鲜活。

异乡让你的“慧眼”充满发现,让你洞见一些事物。

第一次去美国,是2012年的夏天,我住在纽约的史丹顿岛。那是暑假,在华盛顿参加了美国亚洲戏剧年会之后,我小住纽约。从那里,去曼哈顿的百老汇看戏,实在方便。后来,我又受到了肯塔基大学任教的罗靓教授(也是哈佛大学李欧梵教授的博士)的邀请,去做了一次关于中国当代诗歌和艺术的讲座。我从纽约机场出发,来到列克星敦这座美国中部的城市,在肯塔基大学度过了美好的几天。

多少年之后，我清晰地认识到，我的成功和失败均来自故乡鲁镇赋予我的秉性。我很清楚自己的德性。我的顽童年代像一根有着弹性的棉线，随着岁月的流逝，粗粗细细的我、弯弯曲曲的我，得以成立。我的主体开始尖锐，因为我其实从来也没有过找不到自己的时候。我一岁时在母亲的襁褓中，两岁时在姐姐的背上，度过了游走乡下的岁月。后来我幻想流浪，哪怕在条件宽裕的城市里生活时还想着如何离开我身边的人群，这种念头的发端是否在童年时代，对我来讲永远是个谜。三岁时我随同母亲来到了乡镇的水文站……七岁时我上学了，读的是乡(那时的公社)中心小学。我的成绩一直很好，对于数学有着比别人更强的理解力。我考入了大学。毕业后我被分配到房地产公司。在那时，分配到房地产公司就意味着有房子分，所以还算侥幸。我没有丰功伟绩，也没有高低起伏，一切都平平淡淡。后来，我的文笔被主管部门的人看中，然后我被调到了一个市里的大工程指挥部写简报，写那种气势宏伟的文章，发表在党报和各级媒体上。四年时间里，我都在勤勤恳恳地写总结和汇报。1996 年，我获得了“鲁镇优秀宣传干部”的称号。也是在那一年，27 岁的我突然觉得应该从事自己喜欢的事业，于是我进入电视台，在新闻评论部工作。

那时候，在别人的眼里，我一直是一个老实透顶的人。但是，我总不是鲁镇的人。正如我在心里一遍遍念叨：

鲁镇不是我的城市。所以才有后来的那种我生命中的旅行美学(从公交车、火车旅行，到飞机、轮船、地铁和城乡直通车等的旅程)，是语言逼迫着我，甚至，它制作了我的行囊。我的鼓风机一般的双肩包，是一次背叛的流浪，类似吉卜赛民族的迁徙。但是，我虽说是迁徙，却不知道要去的地方是否适合我居住。

得回忆一下我们沉默的语言的历程，而不是肉体的历程。如今，多少哲学、电影和文学作品的主题反映了语言的巴别塔给人类带来的交往困境。巴尔特在《符号学原理》中说："语言结构既是一种社会性的制度系统，又是一种值项系统。正如社会性的制度系统一样，它绝不是一种行为，它摆脱了一切事先的考虑。语言结构是语言的社会性部分，个别人绝不可能单独地创造它、改变它。它基本上是一种集体性的契约，只要人们想进行语言交流，就必须完全受其支配。"

掐指算来，我在美国阅读的都是语言符号的能指和所指具有广阔性和悖谬性的作品，诸如哈维的《希望的空间》、哈贝马斯的《哲学导言：交往理性五论》、利奥塔的《后现代状况：关于知识的报告》、贝尔的《后工业社会的来临》、德里达的《书写与差异》、巴尔特的《写作的零度》《符号学原理》、萨特的《词语》等。当然，电影《通天塔》《冲撞》《迷失东京》《奥兰多》，以及品特的戏剧《房间》、贝克特的戏剧《等待戈多》、汉德克的戏剧《骂观众》，也是我反复研读的对象。

我有一个理念渐渐成形了，那就是：只懂得一种语言的人就是不懂语言的人。语言构成了国家、社稷、宗祠中最深沉和坚固的基座——它是各种民粹主义、爱国主义和集体无意识的生存之媒介。同时，它又是现实之罪的源头（纳粹本质上是一种语言观的罪孽）。为此，我审视汉字，它的最大的特点莫过于意象性和形象性，这也是区别于西文的地方。由于中国汉字的这些特点，中国古代的诗歌相当发达，“诗言志、诗言情”，一度有魏晋风骨、大唐诗韵广为流传，含蓄、简约的能指和所指为其他文字所不及。这是汉字最大的优越性。但是，客观而言，如果说汉字的特点决定了中国人比较注重意象性思维的话，那么西文则比较擅长逻辑性和因果性的抽象思维。西文和汉字，在感性和理性上各有其特点，各自存在音律性和节奏性，也各自能承载意义。如各自的音韵学，或者包含了声母、韵母和声调，或者包含了元音和辅音，各有千秋。在文字的音乐性修辞上，汉字从反切、韵书、字母等韵律上衍生出许多形象的听觉系统的意义。西文中的英语，其头韵在诗歌的音律上是一个比较典型的特色，如艾略特的《荒原》，以前的版本把“Unreal City”翻译成“虚幻之城”，就明显有汉化倾向了，合理的翻译应该译出英语诗歌中头韵的“不真切之城”之“不真切”的含义，这才可以传达与随后的“Under”和“Unshaven”两个词汇押韵的音律。

感谢上天，在美国读书的日子里，我看到了宏大叙事的瓦解，同时也认识了话语理论家——法国思想家福柯。福柯学术思想的一个重要特征是视历史为话语的构造。从此以后话语成了一个重要的文学批评术语和流派。福柯要突出的是：在话语即历史所标示的客观性背后，具有某种鲜明的意识形态性质。这就是话语的来由。

同样，你会像波德莱尔一样，像情人般地邂逅街道。多年以后，你会总结行走在街道上的快乐：在街道上，人们可以伫立、攀谈、友善地对待他人,可以有哲思。我在纽约曼哈顿的百老汇大街上一瞥,看到的是陌生感,是间离效果,是马路仿佛百老汇舞台的一种视觉想象(见图13)。

图13 在纽约曼哈顿百老汇大街上一个剧场化的瞬间

9

生活在县城和乡镇,我们也一样面临“自由选择”的问题

一个诗人必须遍访穷街陋巷。

他潜入民间,遍访穷街陋巷。他可以不处处留情,但是,他必然发现街巷的美。哪怕在最简陋的县城里,也有着无可比拟的美。

在他的生命中,充满了各种各样的感动。譬如,在县城对一位五芳斋员工的观察之后,他写下感动的诗篇。在他眼里,哪怕在最平凡的街道上,也暗藏着突如其来的美。在桐乡鱼行街和公园路交叉口,有一家看上去很普通的五芳斋(嘉兴的餐饮连锁店)分店。但是,这家店在门面上的普通和平凡,一点也没有影响他对这家店具有的温情的印象。在过去的几年里,在他生命中最为孤独的几年间,他有过屡次到这家店的经历,也遭遇过温情。时隔多年,他依然固执地享受着那份温情,并在时光的那端,寻找着那份他记忆里的光斑。那是人间的爱,是声音的爱。也许,连那个爱的发出者都不知道,这种声音具有颠覆一切谎言王国的宣传机器的力量。一个毫无矫饰、遮掩的声音,时常从柜台那边传来。“给这位客人免费盛一碗饭!”洪亮,客气,没有任何伪装可以遮蔽这种巨大的道德感,没有任何谎言可以与之产生的磁场进行类比。事实上,诗人发现,当他用谎言这样的措

辞，去与之进行对比的时候，他已经掉入了永恒的言语陷阱之中——他的口吻是文明的，但他的辞藻是狂妄的。他的语气是客套的，但他的笔直的句子是突兀的，一点也不礼貌。“给这位客人免费盛一碗饭！”多少年来，他被这句话所发出的声音的氛围所俘获，他被这句话所发出的声音的疆域所折服。为此，他会一遍遍地跑到桐乡的街道上，在日复一日修缮街道的嘈杂市政氛围中，开启他那寻找一种声音、一种语调、一种在一个句子后加上一点点冒着热爱的语气词的幸福的旅程。陌生人不知道他的这种寻访的狂热来自哪里。

只有他自己明白，这种寻访，带着踏雪访梅的意蕴，带着普遍意义。“朋友啊，你可知道我的幸福。我陶醉在寻找这种幸福的声音的爱情里。”在他生命中最为隐秘的时刻里，那声音是可以回味和品咂一辈子的盛宴。这种声音里面有一种谦逊，一种感性，一种突如其来的、对人的善意，一种无声的爱——声音似乎伸出双手，抚摸空气中无所不在的“他者”。

他的这种外人看起来有点固执的举动，多年来，成为他的行为模式，成为他的经验。他对桐乡这个菊花之都的观察，因为有了这样的微不足道的细节，一下子全然成为甜蜜的、弥漫的芳香。就这样，别人在埋怨这座小城日复一日的街道修缮时，他却一人独享幸福的时光，他的行动、他的呼吸都带着五芳斋的那份感动，以及由此而来的情感的泛滥，这样连他的溜达也是诗意的。斑马线上，别人用脚步丈量，他走斜线，故意歪扭的姿态，连一个七旬老妪都感到羞耻。如果弗洛伊德健在，他肯定一针见血，大喊：这是一种“自恋”。别人，沉重的生活的担子压在肩膀上，他呢，写一首诗就获得了免费的午餐。因此，他的脚步是轻佻的，他的鼻息也老是发出“哎呀，生活的重压也不过如此吗”之类的叹息。他的下午，是如此平淡。但他赋予其光泽，赋予其意义。他美其名曰：“这是一个诗人应该有的对于城市的爱。”正是简朴，让他把这种爱，推到最为“隐秘”的地方。

同样，对城市中一个甜酒酿作坊老板娘的观察，也一度重复了他之前的经验。从鱼行街和公园路的交叉口，顺着庆丰北路往北走，就可以抵达文昌路。这里，有一家他私藏的甜酒酿铺子。多年来，他屡屡寻访它，吃刚刚出炉的红豆粽或者黑米粽，配以味道绝佳的酒酿圆子，满足感瞬间弥漫他的血液和细胞。这种满足的“遭遇”，几乎写进了他的生命历程。“甜酒酿需要48小时的发酵”，一开始听起来有点冷冰冰的，可是后来越听越有科学味道，与五芳斋餐厅里冒出来的热气腾腾的“给这位客人免费盛一碗饭！”相仿，这句话从记忆里打捞上来时，也是糯滋滋的……在这句善意的、提醒酒酿发酵口感的句子里，他听出了一种别样的东西。这种东西朦朦胧胧，不能用逻辑的推断把它彻底阐述清楚。但是，正如这句话里的一个数字，正是这个数字，产生了一种温情脉脉的、科普的阳光味道。而且，这种科普的声音来自一位女性——作坊的老板娘。

⑩ 步调和面容一样，潜伏着无限性

法国哲学家列维纳斯在《总体与无限》中，写下了人类的“现象学”。在本书中，列维纳斯把西方传统的存在论哲学视作一种总体哲学。这种哲学以作为总体的存在为最终的意义来源，抹杀作为个体的意义与价值，充满了对于他者的暴力。与这种总体哲学相反，列维纳斯通过对面容的现象学分析表明，在面容中呈现出来的他人标志着绝对的外在性，是真正的无限，不可还原为内在性。他进而证明，自我与他人伦理关联既先于自我与他人的存在关系，也先于自我与对象的存在关系。在此意义上，伦理学先于存在论。本书最终表明，自我与他人之间有着一种不可还原的非同一性，自我与他人的面对面是存在的终极关系。因此，哲学必然是“多元论”的，世界的本原是多元，是每一个表达的自我。这多元之间则通过作为主体性的善良而最终走向和平。

与面容这个包罗万象的载体一样，我们也可以在现代人的步伐中，找到被工业社会污染之后救赎的可能性。

我将这种修行称为“步调（重新）一致的重要性”。

无数的诗人和文学家写到了步调这个事物。从古至今的文学家们的思维发散，实际上远比我们对他们的固见更为广袤。

譬如,唐代诗人李白在《行路难》里写下旷古诗句“行路难,行路难,多歧路,今安在?长风破浪会有时,直挂云帆济沧海”。还写下极为珍贵的作为一名诗人的行旅习惯和日常形态:“金樽清酒斗十千,玉盘珍羞直万钱。停杯投箸不能食,拔剑四顾心茫然。欲渡黄河冰塞川,将登太行雪满山。闲来垂钓碧溪上,忽复乘舟梦日边。”

这些身体的活动多么令人兴奋啊,相比之下,当代诗人的蜗居状态可谓“猥琐”,对于这种差距,可以用今非昔比来形容。元代词人马致远在著名的《天净沙·秋思》里描述了秋天郊外的旷远空间里人的存在姿态,当代诗人郑愁予执着于归人骑行至江南客栈的那种乡愁和温情。如果我们再往前寻找,探求魏晋风度的诗人譬如竹林七贤的诗句,以及伴随这种文本的生活形态,也许,作为今人的我们会自愧不如。

我也奇怪,在这么多的文本里,只有当代杰出的政治哲学家阿伦特的文字,描述了大都市纽约的几乎等同的栅格状的设计和规划导致了纽约曼哈顿整个街区的整一性,以及人类步调的一致性(见图14)。她说,“栅格街区”导致了一种地理上的“无偏私性”。因此,事实上,论步调一致的重要性,只有在一位当代的批评家那里,才可以显现。哪怕在卢梭的《论人类不平等的起源》那里,我们也看不到相关的言论,更何况让这位启蒙时代的哲学家观察诸如“人类步调一致对于人类社会构建的意义”此类的事物。

同样,我曾经看到的生活现象,其中有一种十分具有代表性,那就是当代的许多居民,不得不生活在被改建成科创园区、创意生活小镇这样的变革和运作中……这种处在园区边缘生活

图 14　纽约湾总督岛的游客之步伐

的感觉,与在艺术边缘的艺术家的感觉相似。生活在上海莫干山 50 园区周边的居民,他们晾晒衣服的地方,是这个园区里的重要标志物——旧时代大工厂的某个管道,曾经作为工业的机械,现在则是艺术的媒介(见图 15)。在这个场景中,同样的跷腿的姿态,构成了步调重新一致带来的(对抗现代性对人性抹杀的、自我的)救赎意义。

一天清晨,在绍兴人民公园对面的小马路上,我遇见了一名穿着制服的环卫工人,我与居民的上班和早餐时光相遇,于是我们看到一种"生活本身"(见图 16)。一名环卫工人的姿态,看上去与古代的韩信、项羽毫无区别。而我们,被抛入一种现场之中。

在海宁、龙游、嵊州这样的城市中,我能随便捕捉到一些人的表情。乘绿皮火车,在去龙游、衢州,或者靠近江西(上饶和景

图 15 生活在莫干山 50 园区里的原生态居民

图 16 在绍兴人民公园对面的小马路上，一名环卫工人的姿态

德镇)方向的乘客中,脸上的表情是平静而自信,行走的姿态是铿锵而沉默(见图17)。

图17 乘坐绿皮火车出行

陌生的乘客和乘客互相不言语,这一点不同于欧洲的火车乘客。在欧洲,从这样的火车站台到出口的走廊上,你总能听到陌生人之间的寒暄和客套,讨论天气和物价、向人解释为什么一个人旅行或者两个人结伴、告知自己的目的地,等等。相比之下,我们是一个沉默的民族。

同样,在绿皮火车还在运行的老火车站里,有一种时光的压缩机的味道。它老是以旧貌呈现,却无时无刻不在冒出新鲜的意象、新鲜的人物。有时候,建筑的锈迹斑斑透露了年纪和历史的属性,但是,一个不经意间经过的时髦乘客,却又泄露了时代的天机——我们在走向现代化。

我到上海旅行，那是我作为胜利者的时刻，我搬进尚熙大厦。那是法租界在被中国政府接收60年后的上海。准确地说，是2009年的一个秋冬时分，我邂逅了许多风景（见图18）。我记得马路的名字是常熟路，五原路、华山路、安福路与之交会。一个异乡人、一个少女的足迹打动了我。在她迷茫的眼神里，有着异乡人在上海的情感日记。对于一个眼神迷离的姑娘来说，上海这样的城市没有太多回忆值得她炫耀。她的高帮皮靴也来不及去亲吻这人行道都带着洋气和诗意的都市。实际上，在她行走的地段，根本来不及为她铺设一条像样的人行道。显然此刻，她的遭遇有点像被巨大的金库排除在外的路人。有人说她来到这座城市太早了，要是晚几年就可以赶上世博会，再晚几年可以赶上房价直冲云霄的神话。事实上，当今天的上海人描述这座城市的故事之时，似乎除了租界、资本眷顾之地这些标签之外，很难找到准确描述它的其他词汇。

图18还显示，生活赋予了我们图像的丰富性。这种丰富性，在迟子建那儿表现为《额尔古纳河右岸》这样的小说，在李娟那儿表现为《我的阿勒泰》这样的散文集，而在一个上海戏剧学院的硕士生这儿，意味着一种研究城市空间的想法的日趋成熟。

我回乡。某个下午，在鲁镇的火车站广场，我看到一个外地民工与一根扁担、一只蛇皮袋、一只突兀的艳粉色的行李箱（见图19）。我被眼前的这一幕冲击，它悄无声息地投射在我的脑海中，并不断播放，我的怜悯和一种叫不出名字的情感，一起在那个火车站广场的下午发酵。

图 18　生活赋予了我们想象和记忆图像的丰富性

图 19　在绍兴火车站广场上的打工者和他的行囊

我还写下这样“漫无边际的感受”：

一个城市的回忆录里没有你，在城市的档案馆里，有一位有良知的记者，曾经拍摄了你。你那些年在这座小城里奔波劳碌的蛛丝马迹，你的积满灰尘的皮鞋，跟随一辆K字头火车，从大西北来到江南。你的皮鞋，我想称之为“木屐”（故意用一种抹去了地理标志的、有点滑稽、有点异域感的称呼），摩擦那些光滑的、被时光打磨的石头的脸面……直到你再也没有了自己的颜面，直到在这座城市的奉献者目录里再也找不到你的名字。其实，在你拖着行李箱，来到这座没有一人熟悉你名字的地方之刹那，你的那些小写的尊严、矮小的对生活的一点念想，就已经被一种宏大叙事所抹去了。还好有一位记者记住了你。可是，他拍摄了你，第二天就再也不见了。有人说他去流浪了，有人说他在家乡的古镇街道边摆了一个摊子，开始售卖与你的故事毫不相干的粽子和米糕。他这些米糕的名字是荆轲和秦始皇。这非常可笑。荆轲与秦始皇，与这些入口的米糕有什么关系。当记者意识到这种荒诞之时，他开始倒腾之前写的这些关于你的行踪的故事。他曾经冠以为良知，但他现在不再这么认为。如果有一道选择题，可以让记者做，他会选择世俗生活里无比快乐的味觉，那比思想的乐趣更为迷人。他会忘记故事，但他依然会卖弄曾经讲述这些良知故事的嗓音。它们显然还生长在他的身体里。在这个莺飞草长的季节里，这有点别扭。我说的是良知已经失踪，而盛放良知的那个容器还在。就像一个街头流浪汉手中的破罐子，里面的钱币已经散光，但是罐子空荡荡的四壁依然具有质感,看上去无比沉重。要知道,在一个尼采般的诗人眼里,钱币和陶罐本身,两者之间没有一丝一毫的差异。

同样,感动总是成双结对的,或者说,感动总是呈现复调的。某个午后,在上海的安福路——话剧中心所在的那条小街,被年轻人视为网红打卡地的场所,我看到一种既融入这个环境,又有点突兀的场景——一个卖花的老人,骑着自行车经过我身边(见图 20)。他自行车后面所捆扎着的花篮和花束的数量之多、体积之大,有点出乎每一个路人的意料。在这个画面的鲜活感退却之后,留下的是伦理感。

图 20　与一个看上去文质彬彬的卖花农的偶遇

我在感怀之下写下这样的诗句——

还有你,卖花的人啊?你的花卉种在城市的哪里?是种在某个僻静的小巷里的某个幸福的花坛,还是种在一座城市或者一个市民的记忆？还有，那三年的疫情记忆，封锁和孤独、饥渴和凝视星空的岁月，这些能成为这些花卉的记忆土壤吗？如果尘世中找不到一片可以容纳你的净土，如果泥土在城市里再也不见，那么，请允许我把心房那片后花园的土壤给你。请呼唤它的名字——芍药，如果它装作听不见，请继续呼唤它的名字——月季、牡丹，或者荆棘树。如果连荆棘树它都不理睬，请以你的名字呼唤我。我在最贴近你的呼吸的那扇桃木门扉的一侧，斜靠我幸福的记忆的臂膀呢。这样我们能以最近距离的方式交换我们的呼吸，因为我们的身体显然已经被尘世的羁绊所禁锢，不能移动哪怕一鳞半爪。请允许我们以呼吸交换真诚。请允许我把我的记忆转换为土壤，这样你的花卉就可以坐在我的土壤的飞毯上，向西飞行。就像在一部电影里那样，屋子飞翔起来；就像我们刚刚跌落至人间的那一神启时刻一样，那时候我们的身体可以接纳所有美好的植物。

时间篇

SHIJIAN PIAN

1

时间的符号化

卡西尔说，人是符号的动物。中国古人在创作艺术作品的时候，时间是一个很重要的概念。无论是李白、杜甫、苏轼，还是李清照的诗词中，时间是被描述的对象，也是主宰诗人情感的主要因素。杜甫的《春夜喜雨》这样描述时间：

好雨知时节，当春乃发生。
随风潜入夜，润物细无声。
野径云俱黑，江船火独明。
晓看红湿处，花重锦官城。

感叹时间的无情流逝，基本成为中国古典诗词的主题和基本的“语义”。在日常生活中，我们也被一种符号化的时间意识所绑架，以至于我们面对非常宝贵的时间流逝，不再生成珍惜之感。一天（时间），在我们的心目中成为象征之物，成了要去完成某种使命或者功利性的目的而存在的载体，而不是时间本身。哪怕在张爱玲（《倾城之恋》）、王安忆（《长恨歌》）、余华（《活着》《许三观卖血记》《文城》）的小说里的人物——也是那些臣服于时间符号、没有生命意识和强大意志的“超人”。在他们笔下，人物的生命和时间，是集体的生命和时间。

同样，在日本，时间的自然符号：凌晨、破晓、晨曦、正午、黄昏、黑夜、子夜;时间的节庆符号:盂兰盆会、七夕、女儿节、成人节、敬老节、春分、海节、祇园祭和樱花祭等;集体仪式的符号:家庭聚餐、观海、赏雪、赏樱、赏烟花……均被标记为“物哀”的情感符号得到重视。

譬如破晓,它原指黎明时分阳光初露的短暂片刻,是黑夜和黎明的分界线。正是由于它的短暂(由此蕴含的象征意义),它在电影叙事中的视觉和情感意义巨大。在《夜以继日》中,破晓这个十分独特的时刻的呈现,是与主人公一次带有反讽意味、救赎式的动作(回归和否定过去的价值)一起来临的。因此这个破晓的时刻,既是一个大动作中的逻辑符号,又类似场景诗,是单独成立于剧情之外的。电影的女主人公——朝子要在初恋情人鸟居麦和丸子亮平之间做出抉择。一开始,她跟随前者私奔。他们驱车从大阪向北,一直到了海边。第二天破晓时分,朝子却有一个“内心的突转”。她为此改变了自己的莽撞行为,决定回到亮平身边。破晓,正是因时间上的特殊性,成为一个能够表达情感的时刻。朝子在破晓时分改变了人生决定,这是一个反讽性,也是救赎性的人生时刻,它与地球和星空的时刻交相辉映。

譬如烟火,在诗歌里,烟火是特定时刻出现的,显示着一种与节日、纪念有关的狄奥尼索斯时刻(在古希腊的这个酒神狂欢之夜,每个人都是平等的)。因此,烟花时刻的来临,在电影中往往具有救赎的功能,也具有一种狂欢的品质。看过《海街日记》的观众,不会忘记这样的时刻,四姐妹聚在前院,燃放烟花,成为传神一刻。烟花场景的到来,在电影时间上具有一种狂欢性,因此它常被置于影片结尾前,作为片尾曲到来之前的一次情感高潮,还意蕴着从家庭到社会的集体认同。

又如，日本美食电影中，强调就餐的空间和制作菜肴的工匠精神，以及就餐的仪式、场景，也比较普遍。《深夜食堂》《小森林》《海鸥食堂》，均涉及日本人对一日三餐的重视。随着时辰改变的人体素质和欲望，也改变了食物的方向。这便是这些美食电影中的时间性。

除了这些物哀场景，日本电影中还大量存在一种凝固的镜头（场景）。用固定镜头拍摄，表现一个静物一动不动（类似《东京物语》），以及表现物体缓慢地随着时间和光线流变的镜头（类似《海街日记》《幻之光》），这些镜头模拟了人的凝视，也使得它们带上了一种与时间同在的意蕴。人性和非人性，同时被包容在这样的镜头中，注目、凝视、存在，使得它们被赋予了一种悲悯的色彩。

如此说来，无论是中国还是日本人，对于时间的感知和感伤，都比较接近。它们大多被赋予了一种象征色彩和集体精神的负载媒介这样的功能。

时间的符号：春去秋来

时间的宝藏——在文人那儿，这句箴言是存在的。有时候，一名诗人愿意用一辈子的名声，去换取时间的秘密。他知道春天最隐秘的细节藏在哪儿，他知道春意盎然、草木葱茏的真正含义。那是大自然的馈赠，那是大自然向懂得季节轮回的人类的所敬之礼。那是一种大自然的语言，由时光的针线缝制，穿梭于记忆的碎片（那些闪光的鳞片），再由缄默的嘴巴说出。

春天的时候，"春意盎然""满园春色""草木葳蕤"是一种美。在江南，三月时分，正是油菜花、樱花盛开的时节，走在野外，到处都是这种蓬勃的气息。因此，三月时分去踏青，只要你的脚步迈向大自然，你就会被这种春意包围。哪怕是在一个县城的火车站，透过巨大的玻璃窗，你也可以窥见窗外一种恣肆汪洋的春意，一种生活的召唤。这是与大自然融为一体的理想主义精神，在你心中再度发芽，在你身体里长出一种甜蜜的幸福感。这个时刻，你向窗外的任意一瞥，胜过尘世中一切的美。一种诗意随处可以俯身捡拾，信手拈来。这个时候，两个随意的意象（譬如一朵油菜花的花瓣、花蕾和某个幽闭的回忆的聚合，一种气味和另外一种色彩、声音的随意组合）都可以产生一种新的东西。这种东西，索绪尔称其为"语言符号的任意性"，新批评派称其为"并列未经分析的事物"。

与草木葱茏一样，波光粼粼也蕴含着一种财富——时间的财富。在钱塘江，春日里的江面上，一种浩浩荡荡的东西，一种"未明性"，也许比波光粼粼更为迷人——但那是什么？我还想不出这种感觉的名字。我只知道，在大城市的大江大河边的生活，有着一种野性和文明融合的美感。一种未来可能性的东西，在波光里向你招手。你知道，这不是科幻电影，但是，一个比鲨鱼、鲸鱼或者泰坦尼克号（卡梅隆的《泰坦尼克号》已然是一种潜入部分年轻人血液的爱情符码）更为庞大的事物，会在春天的江底生成，与来自新安江、建德、桐庐一带水系中的精华合成为一种物质。这种物质，当然不是汉江怪物，也不是东京湾的新哥斯拉，而是钱塘江畔经由风土、人文遗存、泥沙俱下的江河日复一日浇灌大地，而后生成的新生事物。县城永远不可能与城市相媲美，因为它没有陌生感。我说的是一种浩荡的美感。

在嘉兴的南湖，如果刚好在春日时分，如果天气刚好是晴朗的，那么，清晨时分的波光粼粼（见图21），则又会给旅人多少关于生活静谧的意义之传输啊。

图 21 “岁月静谧”是一种美

除了象征意义之外，春日的波光粼粼本身也是美的。在春日的时候，波光粼粼，是一种与生命的朝气、韶华有关的感觉。这与冬日暖阳下远距离欣赏江河上的波光的感悟不一样。在冬日里的这种远距离欣赏，是布莱希特所谓的美学上的“间离效果”——一种将身体从纷繁的世界中隔离开来，从而可以带着理性的目光加上审美的策略、机敏和生活态度。而在春日清晨，在江水奔流不息的岸边，看到东边日出携带的光线，将整个江面打上了一层光晕……这种波光粼粼，比其他季节和时辰里的波光粼粼，都更带有“新春的问候”之感。这是一份新的岁月的召唤，虽然你知道一切文化和阶层的牢固性，一切劳动关系的固定性，以及一切制度与人性之间矛盾的永恒性，但是，一种逃逸的美，也无处不在。这个时刻，属于一个独立的主体。

同样，在杭州的里西湖，人们可以感受到雾气蒸腾之美。这种美在春日西湖的杨公堤就可以俘获。一片一片连缀起迷雾的方阵，仿佛透明的仙境。这种与波光粼粼相似的美，只有在一个热爱光线的人那儿，会被提取成人生的意义。我于2020年春天在西湖景区的深处（杨公堤和虎跑路一带）看到的西湖的另一面（见图22），就是这种美，它让你沉浸其间，忘记一切其他的生活面相。

图22 “满园春色”是一种美，“雾气蒸腾”是一种美

是啊，在四季的更迭里，你开出一张医治它们无可挽回的流动和消逝这个死亡过程的药方。于是，奇迹出现了，四季成为你的意象，或者工具。你拿它随便点燃另外时空里的事物。事物和事物之间，在四季里不再孤独和悬置，而是具有了自由穿行的

超凡能力。具体做法,因人而异。一个自由意志者,尼采的后人,可能手捧苏东坡的《饮湖上初晴后雨》。它们本来是这样的——

> 水光潋滟晴方好,山色空蒙雨亦奇。
> 欲把西湖比西子,淡妆浓抹总相宜。

你把它们折叠,用一种创造载体和媒介之法,将它们重新印刻在一部当代的摄影、电视剧、电影作品之中。这样,当冬天来临,荷叶成为枯枝败叶的时候,你依然具有春天的影像,具有春天对这种影像描述的言辞和记忆。于是,在时间的宇宙里,一种“草木葳蕤”的繁缛之美、凋零之美、盎然之美和岁月熔金之美(见图23),被分割,被重彩浓墨地书写和记录。

(a)

(b)

(c)

(d)

图 23　草木葳蕤之美

时间的符号：重回故里，或者故地重访

“故地重访”这个词，包含着两层信息，第一层是地理方面的：故地。它显示和界定了接下来某个人物行为的地理和空间限制：是在故里，而不是他乡；是在养育他的那块熟悉的土地，而不是天外来客的、虚构的，或者科幻想象里的土地。按照我们人类文学命题的设定，这种故里（家乡）一般来讲往往是水草丰泽之地，它可能与现代文明相隔遥远，但是它具有养育一个自然孩童成长的所有大自然的营养。第二层是时间层面的：在今日对故地重访。它刻写时间的无情流逝、青春岁月的丧失，以及家族团圆之梦的破碎。它也预示着一种决断、一种结束、一种告慰、一种持久的关怀。

在许多文艺作品和哲学著作中,故地重访,是作为一种标志性的人生行动或者事件(如《奥德赛》)被铭记的。重访充满了激情和回忆。埃里蓬,法国哲学家、社会学家,也是迄今被认为最好的福柯传记的作者,青年时离开故乡,晚年回归,写下了一本书——《回归故里》,展开了与中国传统的"衣锦还乡"叙事完全不同的、"一个哲学家"的记录。因为他早年性格叛逆,他的经历融合了对集体意识的叛逆和最终的和解。

在这本书中,作者不仅反思学校教育在社会对人的塑造中扮演的角色,审视教育系统施加的社会指令——从父辈的教育经历到自己的教育经历,还冷静反观学校教育与社会秩序的"合谋"。从大批辍学的孩子,到无法融入校园文化而反叛、加入"亚文化"群体的孩子,埃里蓬说:"教师们已经尽其所能……他们能改变的东西太少了。"学校是社会的战场之一,阶级的壁垒也存在于校园文化之中,埃里蓬致力于打破隔阂,探寻新的可能。

而且,作者从"小家庭"到"大世界",剖析了权力与抵抗的多种形式。从因无法完成学业而懊恼一生的母亲,有暴力倾向、总是大喊大叫的父亲,到把孩子们丢给孤儿院的外祖母,作者重新理解了家人的处境和家长在家庭教育中缺失的原因。由此,他也看到了家乡误入犯罪歧途的青少年、在阶层固化中放弃学业的工人们……社会如何塑造底层民众,底层民众又是如何屈从的?作者试图剖析塑造和屈从的机制,重新理解他曾厌恶和逃离的人。

他写道:

> 我还经历了另外一条社会意义上的轨迹,即人们通常

> 形容的“阶级的叛离”，而我毫无疑问是个“叛徒”，内心充斥着一种持续或间断、有意或无意的渴望，渴望远离自己童年及青少年所处的那个社会阶级。我在精神上依然属于我少年时成长的那个世界，因为我永远也无法在情感上认同统治阶级的价值观。每当听到有人用鄙夷或事不关己的态度评论底层人民的生活方式和言谈举止时，我就感到不适，甚至憎恨。

回归故里，因此成为良知和智慧发现的“符号”，一种成长的仪式。

时间的符号：来日方长

另外一种时间符号是“来日方长”。阿尔都塞，这位执教于巴黎高等专科学校的著名法国哲学家，一生命运坎坷。他的荣光和他的罪孽相抵，正如他的监狱生涯和他的教授生涯相抵。他的狂躁性抑郁症导致他杀死了自己的妻子，与他一生坚持马克思主义的“政治正确”相悖。

1980 年 11 月 16 日，早上八九点，一个身穿睡衣的男子冲出房间，跑进巴黎高等专科学校的庭院，发狂地叫喊着：“我害死了埃莱娜，我害死了我的妻子。”这出荒诞悲剧的主角即名满天下的哲学家阿尔都塞。他是法国最具原创思想也是最受争议的知识分子之一，亦是二战后法国最具影响力的思想家。他还是马克思主义的激进旗手，被誉为“结构主义马克思主义”奠基人。然而，所有的名誉与成就在这一天崩塌了——“阿尔都塞主义随着阿尔都塞一起死了！”而法院“不予起诉”的判决更引起了舆论的愤怒与声讨……从悲剧发生到他辞世的 10 年，阿尔都塞的晚年罕为人知。（摘自《来日方长》）

《来日方长》这部阿尔都塞的自传具有多层意义。在内容上,不仅深刻反映了他晚年的思想,更是凝结了哲学家整个人生的精粹:他从精神分析的角度回顾了自己的一生,并试图从内部记录反思自己的疯狂,既描绘了自己的成长、学习与研究经历,亦描述了当时的巴黎高等专科学校与整个时代的精神氛围。在标题的指涉意义上,"来日方长"组成了一个反讽,内含一种对于马克思主义学说命运的说辞,一种对于自己不久于人世的狡猾的话术。客观而言,这位说出"来日方长"的人,事实上来日无多。"来日方长"也许只是哲学家阿尔都塞玩弄的文字游戏而已,或者,它只是一个文字世界永恒的骗局、永恒的歧义而已。

我用这则故事想说明的是,"来日方长"作为勉励自己和他人的一种"符号",被赋予了一种积极之光,一种对未来的美好想象。但是,"来日方长"只是被建构的符号而已。在某种语境中,它几乎成为哄小孩——这种策略的代名词。

如何去符号化?

被符号所控制和规约的人类,怎么样做到“去符号化”呢?

其中一个方法就是,对于我们每时每刻面临的一个物质——时间,进行去符号化。

譬如,在古代文学(如《奥德赛》《神曲》《堂吉诃德》)中,时间是高度符号化的。生命意味着一种运动,从咿呀学语的婴儿时代、乳臭未干的少年时代,到朝气蓬勃的青春时代,再到暮年的枯萎和凋零。因此,描述一生的小说,被固定为传记、史诗的体裁。没有多少古代作家能超越。只有在现代文学上,爱尔兰小说家乔伊斯的《尤利西斯》以一天之内的一个市民的游历,重写了古希腊史诗《奥德赛》(它的时间结构从几十年缩水为一天)。这种重写,已经具备了戏谑、戏仿、颠覆过去符号化的时间意识的实质。一种现代意识诞生了。那就是,一个人在一天时间里的游历,等同于古代英雄的人生际遇和遭遇的全部。

“一天”的时间,因此在艺术上具有了重大的意义。然而,欧洲小说上的时间革命,并没有影响我们的作家和诗人。一个时空实际生活中的一天、丰满的一天,其实就是另一个时空(太空世界、生活世界)的一辈子——这种伟大的意识,被我们所遗弃。

我们在电影中看到了这种努力消弭人生时空和艺术时空界限的案例，譬如，《大开眼界》《罗拉快跑》《一天》就是这样的电影。

艺术电影，准确地说是上述前卫的带有颠覆传统时间感的艺术电影，就往往在这个象征界里，建构一种非象征性。或者说一种能对抗这种时间意识的陌生化情境，可以制造溢出一天价值的“新价值”。

与小说《尤利西斯》相似，电影《四月三周两天》《罗拉快跑》，也在这样大约为一天的时间维度、范畴内布置剧情，安排情节。不过，被安排的情节，因为无限接近于自然的时间，无限接近于真实，因此虚构电影的韵味也几乎遭到破坏。这种破坏正是导演的意图。在《四月三周两天》中，通过在社会主义的罗马尼亚时代的一次大学女生的堕胎手术——导演让事件在一天里发生和结束。因此，观众感受到一种巨大的压力，恐惧的意识笼罩着这一天。正是这重构的一天，成为德勒兹意义上的“时间的晶体”，成为一种曲径通幽的时间。时间被空间化，仿佛在观众的意识里，一天具有了许多像坐标、浮标一样的东西——道路被折叠、平滑不再，而代之以荆棘丛生。从上午到晚上的路程，原本是一次步行、一次短途公交车和自行车骑行的距离，现在，变成了途中横亘着万水千山，而旅行也变成了跋山涉水。而记忆凭着这些坐标、浮标，可以轻易到达那个场景，那个永不褪色的、不堪的、罪和美的场景。《罗拉快跑》这部电影最为值得言说的重构的元素，是三次在柏林城市内的奔跑。在电影中，主人公罗拉每次跑步的真实时间流逝，几乎等同于物理变化。但是，紧接着的两次重复的奔跑，宣告了这部电影的时间晶体与平常的时间迥异。换言之，电影导演“重构了时间”。一天，因而成为不朽。

另一部英国电影《一天》，同样是对平凡一天——被我们唾弃的一天的重新划定。它通过女主人公在从大学毕业到死亡这段时间里与男主人公的一次次失之交臂的情节，重新建构了晶体一般的时间——一个人总是与另一个人在生命的路口重逢，一次又一次。如果我们有意，上天就会成全我们的邂逅。但是，邂逅本身不预示皆大欢喜或者喜剧的命运，邂逅也有可能是以一场不可往复和循环的悲剧结尾。这就是“天若有情天亦老”的当代寓言，也是对时间的公平分配的一种再分配。在电影的结尾，我们会回到一个平庸生活的路口。电影观众就在这个路口散场——因为，他们的家庭成员在各个方向等待着他们。这些观众也是当代人类与时间意识和解的观众。

这是电影里对“一天”的重构。它的潜台词是“一天非一天”。

③ 诗人重构时间(去符号化)的经验和实践

同样,在当代诗人群体中,不乏那些对抗时间符号化的“斗士”。海子、顾城、张枣,他们用生命留住时间。而杰出诗人西川、藏棣、蒋立波,也往往用一种书写,让某段岁月凝固(譬如疫情时期的静默,譬如某个大雪纷飞的时刻)。换言之,一个当代诗人的时间管理中,时间被赋予了“去符号化”的功能。在古代的诗歌中,诗人笔下的生命哲学、时间哲学,凝聚着集体的意识。诗人汇入了岁月和河流中。当代,一个诗人在时间感知的“解域化”过程中,可以走得更远,他的时间是等值的。一个诗人必须同等对待每一天的日出和日落,每一年的季节和流动的时间。他必须保持中立,继而对时间背后的人类做出一种还原生活本质的考察。按照德勒兹的话语,时间在诗人这儿是一块晶体,它的每一部分都是等同的,不分伯仲,更没有良莠分辨之说。一个诗人,在少年的时候,喜欢拼盘歌会般的综艺节目。这些歌类型各异,一些是歌剧,一些是流行歌曲,来自许多国家,由许多歌唱家演唱。一首歌,赞美季节;一首歌,赞美劳动。一首歌的曲子是巴赫的;一首歌的歌词是普希金的诗歌。那是一个属于他的时刻。他看得入迷了。那是他初中二三年级的时候,父亲在百货公司工作,所以,其他家庭连黑白电视机还没有的时候,他们家里竟然能购得一台夏普的19寸彩色电视机。那是一种什么样的愉悦啊！多年后，这种带点土气又沾染了浓浓的西洋味道的歌会综艺节目没有了，但歌会的明亮舞台，幻化成了他热爱柏辽兹的机缘。多年后，连吉光片羽都没有留下，但是，岁月留下了记忆。一个诗人瞬间回到了青春期，感受到岁月赋予的对他者的激情。空气就像墙壁，在诗人的世界里，他用想象之手抚摸空气，似乎它们也变得具有触觉。一个诗人的世界里，青春期是美的，也是有罪的，当然它也是无可挑剔和指责的。一个诗人必须面对人类的本质、以银河系的视野，正确地处理爱情、本能、情感和欲望的关系。一个诗人的等值的时间，背后有着强大的哲学——时间的去符号化。或者，夺回被象征和文化世界所锁定的意义和价值，迈向生活世界的实在性和广阔性。

在生活的领域，如果我们重新审视一天的时间，也会有所裨益。譬如，我们可以祛魅，也可以适度返魅。祛魅和返魅，取决于我们对其的态度和观念。如果我们超越了这种藩篱，那么，别人眼里的暮气沉沉的傍晚，可以是欣赏落日的好时机。或者，别人眼里的平庸，刹那间可以变成有晚霞高悬的天际。

一个诗人，可以模仿尼采，唱起超人的意志之歌。这些歌曲超越了人类讴歌的特定的时间符号。清晨是晨跑和远足的时候，午后是饮茶的时候，他瓦解它们的象征性，重新建构它们的时间性。夕阳西下时，他抛去了消极情感，而让风景具有了激动人心的情感投射。哪怕在一个人多嘈杂且十分简陋的空间里（譬如贾樟柯的电影《三峡好人》中奉节的那个江边埠头），也可以产生无穷的想象。有时候,清晨的广场在大妈眼里也是纯净的、清净的、美好的,而在人头攒动的火车站,黄昏时候,旅客背着大大小小的行囊,行色匆匆,好像去往一个非常重要的人生目的地之影像,也具有气韵生动的美感。

哪怕在最日常的时间里，我们也可以塑造不平凡

火车站、港口、教室、图书馆和展览厅，都具有重构时间的媒介条件。譬如，在现代的车站，在黄昏时光里，旅人们不再因为在傍晚时候的车站就产生一种孤独和乡愁之感（类似在俄国小说《安娜·卡列尼娜》和苏联电影《两个人的车站》中看到的），而有可能产生一种只有一个现代旅人才可以体验到的对距离被熨平之后的、气韵生动的幸福之感和克服黄昏的忧郁的新情感——一种对物质世界的激情。它被我捕捉。

从火车上下来的一刹那，车站人影绰绰，但没有人关注夕阳之类的事物。那个时刻，只有你（天底下的诗人）往西边望去。你的回眸，分明是绕过世俗人墙的一种飞鸟的姿态及其盘旋的路线！你才会有一种夕阳西下的悲怆感，一种“此时无声胜有声”的神圣感。时光的质感，被你攫取，并用你意识不到的呼吸调和，酝酿入时间的米酒里……杭州东站，上下车的人群分流之处，如同三江汇合处，如同多种不同人生的交会处——在此刻，分明流泻着一种浪漫和沧桑兼具的东西啊。你离开地下层，来到地铁站。你的脑海里，回荡着一天的曼妙时光——充满了阅读和知识交锋的智慧鳞片，这些鳞片在夜间会照亮你的梦境。有时候，我会想起那些黄昏时与机械的时间感知逆向、错位而行,做时间主人的旅人,他们热爱生命的姿态令人感动。因为对于生者而言,每一秒的时间,都是生命的馈赠。

在当代的大多数时候,一个诗人完全可以扔掉虚荣的桂冠——那些具有反讽意味的过时的荣誉、农耕时代所需要的虚名。诗人凭此获得高尚生活的入场券。他欣赏为大多数人所欣赏的东西。譬如,他热爱明亮。在我们日常的生活中,明亮是一种美,被适度遮挡光线的空间,也是具有美感的。这种被遮住光线的空间,也有好多种美学的路径,如果我们以沉思为目的,则营造出一种幽冥、幽玄的美感,这会讨人喜欢。日本美学家大西克礼写了日本人的美学三部曲,将物哀、幽玄、侘寂写得气韵生动。他把日本人的禅意空间(与道教文化有关)和建筑的阴影美学,阐述得无人能及。一个诗人热爱明亮,会到达一种别人无法抵达的高度。譬如,他会爱上玻璃拱廊(兰波、波德莱尔),爱上新西兰一个荒无人烟的小岛,他独享阳光洒落在那一方土地时的饱满的个头(就像稻谷一般的身段,阳光的身段——他喜欢这样有身体感的隐喻)。对于阳光,每个诗人都是自私的。他以显赫的世俗身份换回一个精神世界的阳台(在那儿他俯瞰一切),以物质交换一次对阳光的絮语(这种絮语有时候只有他一人听得懂)。但是,一个诗人,在大街上溜达得久了,他会梦想遇见一个飘着酒香的小巷子,就像在荒漠里遇见一个悬挂着彩旗的客栈,他知道,这面旗帜意味着什么。它们永远有溢出自己原本价值的过剩的意义。他捕捉这种溢出的意义,就像济公和尚在街头追逐一群蝴蝶。这种姿势组成他诗歌中的意象、动态、节奏、音乐感和逻辑。

⑤ 利用“时间差”也是一次绝妙的时间管理“法宝”

一般而言，优雅的公共场所是大众趋之若鹜的一种稀缺资源。如果分摊到每个人身上，这种独享优雅公共场所的资源就非常有限了。这样，就需要来个“时间差”战术，即别人上班的工作日，你请假或者争取到外出的机会，去西湖、千岛湖、楠溪江、雁荡山、天目山、天姥山、穿岩十九峰，或者到茑屋书店、诚品书店（见图 24）。我就是在一个周五上午，邂逅了整饬、敞开之

(a)

(b)

(c)

图 24　沉浸书海是一次对于时间和空间的幸福占有

美的诚品书店。管理时间成为我可以在都市撒野的法宝。我就这样放肆地阅读和遐想了一个下午。沉浸其中,是一次对于时间和空间的幸福占有。

我的时间管理的座右铭——避开人流、做时间的主人。在有着敞亮的空间和文明之美的地方,惬意地停留,甚至为一个真理问题的思考而踯躅徘徊、流连忘返,这些都是允许的。

6 祛魅的时间——对“故地重访”行为的去符号化设计

在上述的案例里,“故地重访”是一种成长的仪式和符号,然而,今人也可以对“故地重访”去符号化。我们回到故地,不一定要去祖屋,也不一定要拜访旧友。故地重游,在今天可以焕发出新的诗意,即在一些无名的、非符号化的、充满实在感的地理中,体验到一种久违的、似曾相识的感觉。就在近日,我经历了一种截然不同于“往常”的回归故里。下面讲讲我的方法。

我尚在上海戏剧学院读研究生时,每月会回家乡。那时候的回乡,是我无法选择的。因此,有些记忆充满了悲怆感。这种悲怆感来自自身——一个中年去上戏读研的中年危机经历者的悲剧感,也有观察类似“安得广厦千万间,大庇天下寒士俱欢颜”这种外部世界而来的内心悲怆感。譬如,面对一种凋零的景观和孤苦伶仃的行人,我总是产生悲悯的情感。当然,如果我换一种口味、腔调和风格,我也完全可以写下一种“幸福的生活感”。我会把“一个城市的回忆录里没有你,在城市的档案馆里没有你,你的积满灰尘的皮鞋,跟随一辆 K 字头火车,从大西北来到江南。你的皮鞋摩擦着那些光滑的、被时光打磨的石头的脸面……直到你再也没有了自己的颜面”这样的悲剧性文字改为“你的行囊里充满了对故乡和他乡的热爱,在你奔波劳碌的身影里，没有对于空间的歧视”。

这是一种反写的策略。

正如我在前文中叙述的那样，悲剧感是需要的，但是，这种由于不经意间瞥见了民生的艰辛，继而产生一种忧郁的心理反应机制，是一个人具有良心、良知的参考。

更多的时候，我学会选择一些元素而避开一些元素。譬如，2023 年，当我正在写作此书的时候，我有一趟潜行入鲁镇的记录。那天我坐在下沙四号大街的一家面包店宽敞的二楼，书写我书籍中的重要部分。我对“日常生活的重构”这个概念，进行了梳理；对于其中的旅行章节，做了补充。两个小时下来，我有点疲惫，需要一次短途的旅行来恢复灵感，于是有了去造访一下鲁镇的想法。

我先从文泽路地铁站乘坐杭州地铁一号线，来到萧山国际机场（终点站）。然后，再在机场内的客运站，购买了去绍兴柯桥的汽车票。在柯桥下车，我去了西西弗书店，查阅和购买尼采的书籍。出乎意料的，在这家位于绍兴柯桥区的书店，尼采著作的数量不亚于杭州下沙天街分店的。我非常满意。我再坐公交车到绍兴地铁一号线轻纺城站去往鲁镇的主城区。我在城市广场下车，从那里步行几分钟，就可以到达同心楼的馒头店——一家几十年的老店。我奢侈地购买了一个经典大包和一块豇豆糕——滋味美极了。在轩亭口（秋瑾遇难处）与府山横街交界处的一家咖啡店，我点了一杯美式咖啡，继续工作了半个小时。

我又开始在鲁镇漫步了。这一次，我的足迹与我儿时的生活轨迹重叠。先是府横街、仓桥直街，龙山脚下的那处曲径通幽，再通过铁甲营（古代军队的驻扎地，今天依然是军分区的所在),抵达王阳明故里。我走入了街灯昏暗的石板路,因为白天阴雨飕飕的缘故,路面潮湿,泛着一种水乡的色泽。在一处吕府台门的桥上,我又一次窥见了我曾经拍摄的"鲁镇人文地理的一处风景"。那是23年前了,我举起相机,拍到的是一个生活的场景:孩子们在撒野,骑车的父亲带着小孩缓缓驶过,一家出售自家制作芝麻酱的店铺开在寻常百姓家……这个场景带着烟火气,还被杭州的《都市快报》刊登过。

时过境迁,今天,见识过全球化景观的我一点儿也高兴不起来。这里的生活被固定了。鲁镇正在开发一种与周庄和乌镇相似的旅游资源,一种原汁原味的街坊的旅游生意。鲁迅故里就是其中最大的"生意"。当然,鲁迅故里的营销非常成功。因此,王阳明故里的推广就被提上了议事日程。我看到的就是王阳明故居复兴的旧城改造。顺着"王阳明地理",我走入了"上大路"老街。这条街也变成了王阳明故居的辐射地。我想到了前不久在余姚造访王阳明故居,那一次与这一次的记忆在我心灵的聚宝盆里就这样汇合。两股力量的汇合又让我想起前不久观看的著名的雷德利导演的《拿破仑》这部传记片。其中再现了拿破仑在他的滑铁卢战役前的几次辉煌战役。这位将军惯用的手法是两面夹击,是在冰天雪地中,看见炮火可以溶解冰面让敌人的队伍沉入水底的那种时间性的睿智。这也是拿破仑拥有的,一种将时间能力运用到空间中的技巧和谋略。

就这样,我带着满意漫步到了鲁镇的火车站,回到我居住的杭城,时间也没有超过晚上10点。我选择了湿漉漉的雨天,选择了在湿漉漉的街道石板路上行走,避开了与朋友们的碰面。与朋友相处是另外一个时空的安排,另外一次我可以计划的旅程的内容。在选择和避免之间,我离书籍的成稿日又近了一步。

由于我的写作初衷,我没有打扰任何一个故乡的熟识者。就这样用“随风潜入夜”的方式,用“润物细无声”的方式,漫步于我记忆里的鲁镇(见图 25),重走我走过无数遍的鲁镇的街头。最主要的是,我不会事后指责自己“无厘头”“不像话”,也不会在内心将自己鄙视为一种“不食人间烟火者”。这是重构时间、做时间主人的一种前提。

图 25　以主体精神回到故乡

在我们的人生中,需要这种自主的时间。

对习俗时间的祛魅

在时间的符号里，也包括习惯的生活符号。同样，去符号化，也包括对时间习惯的祛魅。对于早已深入人心的时间符码——日出干什么，日落干什么，在人类的史书里，被记载得清清楚楚，我们如何推陈出新？

如果我们坐以待毙，那么，我们一生都会被时间的习惯性（符码）所牵制。我们以生命的代价，来迎合这种垄断的时间安排——仿佛在时间的抽象隧道里，存在着故人和祠堂，祠堂里的先人通过时光的隧道对我们施加影响。这种影响不是通过发号施令，而是通过潜移默化，通过客体到主体的转移，把集体的习俗转化为我们个体的行为。

用脚步丈量城市的街道，用眼睛给城市人行道和那些低矮的防护墙涂鸦，就成了我的一个习惯。这是因为在"我的先人"群落中有着文曲星。过去记者生活的经历，让我形成了一种将眼前所见拍摄下来的习惯。这个习惯成为我的记者人格症候，或者一种面对千万事物的丰富而行为高度单一的治疗术，是对一种语言障碍症的积极治疗或者逃避。在这样的行为中，一种思维停止，另一种思维则可以启程。在启程和停止之间，没有鸿沟。上次去嵊州，还是疫情期间，我无所事事，但是行走中遇见一家义乌小商品市场，我假装成嵊州人买了一本两块钱的薄薄的纸质笔记本。为什么要买笔记本？明明我的笔记本电脑带在身边，明明我不会去手写记录我的感受。但是，一种习惯，文人的习惯，酸溜溜的习惯抓住了我。

事实上，当你理解了习惯是一种生活符码，那么，我们的姿势、行动的路线，以及我们的表情，都可以建构成一种瓦解文化和符号的场域。

列维纳斯在《总体与无限》中，建构了面容的诗学。在他的指引下，我感悟到了，人类的面容和姿态也是可以无限的。面容的丰富性，拯救了西方形而上学的枯燥乏味带来的思想狭隘的问题。面容的丰富性，也拯救了生活世界的乏味单一。

于是，我尝试性地实践一种对时间元素的拆解和重组。譬如，通过重组元素，我们如何抵御一个城市和乡村时常会出现的风雨飘摇的萧瑟之感给人的生命意识带来的负面感和悲剧感情绪？

有时候，感性的人类，极容易为时间和气候所左右。雨天的风萧萧之感，一直是一种由古代诗歌定型，所演绎的自然性情感。这是一种"外物—内心"的机制，人类一般不能克服。除非你是像王阳明那样"心外无物"的巨匠，有着强大的主体能力和思想能力。对于常人，萧瑟的雨天，就意味着我们消极的情感环境。到了 2023 年 4 月，对于我而言，它成为一种带有沧桑感和虽败犹荣的积极情感。近处，风萧萧的岸边树枝，被风吹得东倒西歪；远处，坚挺的大厦巍然屹立（见图 26）。在聚散之中，动静之中、荣衰之中……一种美学的平衡已经诞生。

图 26　对风雨飘摇场景的祛魅

4 月的某个中午时分，我抵达宜兴。从季节上看，虽然 4 月初有几天的温度已高达 30 摄氏度，但是，一旦下雨，气温便会直线下降，依然给人春寒料峭的感觉。一路上风雨欲来，天公不作美，竟然在我抵达之时下起雨来，看起来好像与我的到访形成一种背离的情感投射。湿漉漉的 4 月，我随便乘上一辆公交车并询问司机这趟车是否经过市中心，当得到肯定的回答后，我十分满意。我只要这趟车抵达城市的中心就好了，而不在乎它的路线，是否经过郊区，是否绕远路，浪费许多时间。浪费时间这样的事情，在我这样的游客眼中是无所谓的。因为我可以平等地对待时间。这一刻和那一刻，都是我心爱的元素。或者说，从这一刻到那一刻，都是一种恬淡的东西。

如何在湿漉漉的街上走，取消内心的不愉快？这需要外加一些使命感的东西。如果一个旅人可以做到刀枪不入，那么，他在人世间的修行，就达到了“时间主人”这样的境界。宙斯，潜入了他的主体，成为他的人格。江河，不再是前文提到的杜甫的《春夜喜雨》、李白的《黄鹤楼送孟浩然之广陵》中被锁定的指涉人生茫然和虚无的意义。

回忆起那次宜兴之旅，我部分做到了面对时间的立定，哪怕是在春寒料峭、细雨萧瑟的环境里。这是向着外部世界转瞬即逝而我们的内心保持不动的禅意。在回来的网约车上，我与司机攀谈起来。司机在短短的十几分钟时间里，向我讲述了宜兴过去10年里房地产从暴涨到暴跌的“神话”故事。我一查，果然，在百度地图上标记的那些别墅楼盘，自动跳出来的房地产广告，就会显示该楼盘的基本面，以及至今有多少房子在出售。我不再为宜兴的萧瑟寒风所动，也不会将天气的这种“萧瑟”与诗歌中的固定搭配“换了人间”联系起来。事实上，人间依然是我来时的人间。它毫发未损。

让我再说说春天时候的草木葱茏吧。

2023年，在王阳明故乡余姚的某个初春时节，行走组成了我的全部记忆。在余姚城区，有一座山。或者路过阳明东路、阳明西路，我都会遇到这样的景致（见图27），正如在后来的南昌城，我邂逅了另一条阳明路，也是东西向的布局。无论哪次路过，只要是春天，我都会迎面邂逅一个词语——草木葱茏。它似邻家少女一般，就迎候在人们散步的路口。

图 27　阳明路上行走的艳遇——一棵大树和一条幽径

幸福的获得，在于时间感的重构

有时候，你会邂逅路边的烧饼摊和一碗美味的面。有时候，你会被一首歌打动。而且，这种时刻的获得，是不分地域和时节的。在余姚，组成生活多样性的元素有很多，是时间、空间和其他细节元素的综合，而且理论上可谓不计其数。人类的生活样态，是在大千世界的林林总总的事物中，选择少数对自己有用的物品而已。一些物品是天然的，一些物品是人工制造出来的。街坊、店铺和建筑这些事物，就是被制造出来的。

在余姚的这个下午，小街、幽静的午后时光、葱油烧饼的手工作坊组成了生活的元素。这种元素生机勃勃，被这个城市的年轻人所拥有，生活在这里显得安逸而平静。由这种重新组合的生活元素，继而生成一种有别于大城市的意义的途径中，新的可能性被生产出来。有时候，这种新的意义不是媒体所声称的那种，而是新鲜的，带着原生态特征的意义。譬如，就是在这种生活的重构中，我尝到了味道最美的葱油烧饼。我在这个过程中获得的意义是“沉浸在大众的、日常的、均质的时间中的、生活狂欢的意义”，与媒体惯用的词汇“余姚人民的福分”“美好生活”不同，一点儿也没有交叠的部分。

而在这些重构的元素之中，正是下午的小吃的随意时光（这属于时间性的感知),组成了一种排队的乐趣。按照一天时间的流转和轮回之规律,在下午时分的这种品尝和等待的乐趣似乎还带有剧场化的一些体验(如仪式、对他者的友善和考量)。在工作日的下午,如果考勤不是很严,溜出来在这家阿婆烧饼店买一个当地炙手可热的大饼,这种偷闲的窃喜,可以持续一个下午,甚至蔓延至晚餐时刻。

在(后一章我将阐述的)空间领域里,(按照列斐伏尔或者索佳的空间理论)它们是脱域的,是具有第三空间属性的。我为此拍摄了一张照片,证明我此刻对于生活意义的把握——迥异于第一空间和第二空间的样态。顾客(自然大部分都是余姚本地人)聚集在烧饼摊前,呈半圆形,形成一个包围圈。这种散点合围的身体姿态,是自然形成的弓状射向烘烤烧饼的炉子的。有一位抱着自己臂膀的女士,可能她点的烧饼需要久等,于是她就在外围,像一个运动员一样,知趣地等待,神态是对阿婆(这份做烧饼活计)的敬畏。

逃逸和进入,散漫和进取(我以这个下午为素材的写作,就是一种与时间达成一致的进取心),同时块茎式地、盘根错节地横陈在这个下午的时空里——它们就是索佳所称的第三空间。

在这种生活元素的重构,在某个时间和空间、心灵活动和社会元素的互动,譬如在一家热门餐馆,你避开高峰时间来就餐的体验,让你具备了一种胜利者意识,一种成熟的自我认同。在更多的场合和情境里,一碗热气腾腾的面,可以化解时间的皱纹,化解人间的恩怨,也可以给你生活的满足。

另外的方法也不计其数。譬如,我们还可以在不适合户外活动的时候,去健身中心、游泳馆,或者在可以室内跑步的巨大的商业楼盘的地下室空间健走，也可以在网上冲浪，在虚拟的世界、网络的世界、象征的世界里抵御物质性的伤害。

除了运动，还可以采取另外一种方法——寻找美食。在适当的时候与美食相遇，创造“在一个合适的地方与美食相处”的机会。

譬如，在诸暨，我品尝茨坞打面，是与阅读韩国作家韩江的《白》一起进行的（见图 28）。热气腾腾的茨坞打面给我的味蕾以满足，而阅读的小说却充满了死亡的恐惧。韩江的《白》是一部有点恐怖的纯文学作品，是一本介于虚构和真实经历的小说。书中以自己妹妹的死亡为线索，描绘了死亡这个实体在她感觉系统里的各种形态，以及死亡发生前其影响人类情感和精神世界的种种表现。如此的反差中，我感受到生命的意义——活着真好。一碗茨坞打面，也可以给我如此大的生活的满足啊。

图 28　在时空的维度外，组成生活的多义性

9

将记忆转到现场的“惊鸿一瞥”

记忆的元素也会重新排列和整合。

10年前，他去美国肯塔基州的列克星敦市，他发现，在这座南北战争遗迹众多的城市里，马依然作为图腾被膜拜或者缅怀。过去，它们跟随美国北方的军队浴血奋战，现在，它们在重要的街角和广场，依然分享着胜利带来的荣誉。但是，他马上发现，这种缅怀，在现代社会里，生成着另一种忧伤和悲悯的情感。时过境迁，这座屹立的山，有时候看上去也显得孤独。原因正是骏马停止了它的驰骋。他喟叹——

> 马停止驰骋，成为我们时代的必然。一匹马必然停止驰骋。这是野性的奔跑在现代化社会里的命运。这是一个具有大自然情怀的对象，在都市中必然遭到停格的待遇。或者，就像在电影《贫民窟的百万富翁》里所展示的，一匹马走进一个它为之奋斗的文明城市，但是，对于它自身，将有一个路口，或者一个公园这样的场所在等待着它。路口和公园将是它最后的归属。这种悲剧性的东西是被命运写就的。是的，你也许会说——当马停止驰骋，当一个英雄虎落平阳，当大幕落下，人们开始进入平静的时代，城堡和各种可以当作掩体的山丘、地道和洞穴，各种驿站都丧失了它

一部分的价值，余下的价值对于这个和平的年代来说，就少得可怜。

城堡可以展览历史及人们是怎么样叙述历史的。洞穴用来储存吃不完的蔬菜和谷物，用来做一次纯粹意义上的食物的冬眠。是啊，你也许会说，沙场驰骋和万马齐喑的时代过去了，这个时代给这个物种仅仅留下了装置展览的空间。你会唏嘘——驰骋的梦想，其实存在于我们每一个人的心底。那是人类的本性。是的，一种我们人类精神世界里最为昂贵的东西，在现代社会的帷幕拉开的瞬间，就开始了它走向没落的命运。这种命运在最近的两个世纪里，由于战争和地区发展的不平衡，具有柳暗花明般的节奏和效果，像音乐奏出了无数万马奔腾的音符。它们组成了人类个体的多样化生存状态。在当代的平面化趋势里，这种没落依然在进行。

《西方的衰落》这样的书籍，就在试图解释这种日薄西山一般的命运。一匹驰骋疆场的马，势必哑口无言。因为人类凭着良知和文明的进化，最终会将民族意识从我们的"平面化世界"里驱离。马的最终命运就是被雕刻和展览，成为和平时代的一种摆设。但是，对于马的想象和记忆，依然会在每一个市民和游客的身体里复活。在肯塔基州的列克星敦，在这个晨光熹微的时刻，我们显然看到了"万马奔腾"的壮观景象。在内心的辽阔的平原里，我依然看到了里尔克《杜伊诺哀歌》所描绘的一种人类由于失去信仰之后的悲剧性情绪，在一个世纪之后的时光里复活。

在上述场景中，马一动不动，似乎沉默。但是，它的沉默已经战胜了人类的聒噪。它的眼睛,似乎停止了转动,但是你分明感觉到它是在流泪。列克星敦的马之雕塑(见图 29),可以让人联想到美国南北战争的历史,也可以让人联想到我们时代里尔克式的英雄落幕的悲剧感。但是,它给你的是(弥足珍贵的属于艺术审美的)悲剧感而不是生活的悲怆感。

图 29　列克星敦的马之雕塑

重构时间，什么是最重要的？

在重构时间——做时间的主人这件事上，什么是最重要的？我觉得，首先，要不断反思我们的知识产生的过程和本质，成为中国的福柯、浙江的福柯、绍兴的福柯、柯桥的福柯、衙前的福柯、钱清的福柯，成为“知识考古学”的传承之人。由知识产生的顿悟，可以轻松抵达“文化是被塑造的”“时间符号是被建构的”真理和认知。其次，在培养时间的自主意识的过程中，要不断历练自己的思维。再就是，需要不断让自己变得强大，不要人云亦云，没有主见。当然，这种特立独行，不是钻牛角尖，不是无厘头，而是脱离传统文化符号里对时间的“非法占有”，做一回自己而已。

是的，福柯过世多年后，我似乎依然铭记着他的微笑，在我们的生命毫无传奇色彩的平原里，他的这个微笑，投放了多少关于生命意义的信念啊！

空间篇

KONGJIAN PIAN

用一种三元思维去观察空间

同样，人们对于空间的感受和解读，也是多维的。

稍一分类，我们就可以将空间划分出如下的领域：艺术的空间、生活的空间和哲学的空间。

在艺术的空间里，空间的内容通常就是艺术品的主题和题材，而空间的布局就是该艺术的技法（留白、泼墨、线条流畅、色彩饱和等）。

对生活的空间，还可以再划分为生活空间的内容和生活空间的形态。所谓生活空间的内容，是指它的地理位置、物质形式、空间的社会性区别（住宅小区、学校、市政大楼、医院、体育馆、图书馆）等；而所谓生活空间的形式，是指我们人类交往、交通、居住、工作时的空间呈现的形式（方便、适宜、现代、古老、陈旧等）。哪怕人行道的设计也是生活空间的形式之一。在上海这样的大都市新街区，可以感受到一种现代化的公共景观所带来的愉悦感。同样，那些硬件和卫生状况不佳的公共空间，给人的感受可能是逼仄和落后、灰暗和绝望。之所以在同样的地球中，产生生活空间如此大的感受差异，是因为人类的精神世界在起作用。

我们要深入生活世界，实际上又引出哲学空间。传统的哲学十分在乎"空间的中心和边缘"这样的划分。这形成了西方形而上学区分空间的最基本的模式。而列斐伏尔的空间理论，则从本体上瓦解了空间的二元分类（物质和精神、社会和个人、公共和私人）。列斐伏尔的三元体系瓦解了传统的"中心—边缘"这样的二元界定。在列斐伏尔的空间体系里，第一空间为空间实践，是指空间性的生产，这种空间性围绕生产与再生产，以及作为每个社会结构之特征的特殊区位和空间组合，是指牵涉在空间里的人类行动与感知，包括生产、使用、控制和改造这个空间的行动。第二空间是科学家、规划者、城市学家、分门别类的专家空间，是仿佛某种有着科学爱好的艺术家的空间——他们都把实际的和感知的当作是构想的。列斐伏尔认为这是一切社会中的主要空间，也是乌托邦思维观念的主要空间。在我国学者张笑夷的论文中，其将列斐伏尔的社会空间三元性理解为"空间的实践""空间的表象""具象的空间"。[①] 区别于索亚著作译本中的"空间的实践""空间的再现""再现的空间"这样的译法。第三空间（"再现的空间"），与其他两类空间相区别，同时又包含着它们。"再现的空间"包含了复杂的符号系统，有时经过了编码，有时没有。它们与社会生活的私密或者底层的一面相连，也与艺术相连。这带有不可知性、神秘性及深藏不露、无以言传的潜意识特点，是一个全然实际的空间，是居住者和使用者的空间。

---

① 张笑夷：《列斐伏尔空间批判理论的三元分析范式探析》，《哲学基础理论研究》2016 年第 1 期，第 137-147 页。

列斐伏尔的空间理论，只是空间理论之一。此外，尚有现象学意义上的空间理论、精神分析学的空间理论、政治经济学的空间理论和城市规划学意义上的空间理论。雅各布斯所著《美国大城市的死与生》即为城市规划学空间理论的代表作。

对于我们大部分人来说，城市里那些具有象征意义的精神空间、物质感强烈的现代空间、自然世界的“自然的空间”，以及虽然有着人类改造的痕迹但在本质上还属于“朴素的空间”和“充满野性的空间”之场所，因具有感知的厚度，而生成不同的意义。

一个可以望向平和的江面的简陋的雨棚，有着我们人类最原始的生活意义：朴素的安居（见图 30）。笔者在美国俄亥俄州大学所见的图书馆，则属于现代化的充满了物质性的生活空间（见图 31）。同样是具有精神和象征意味的图书馆空间，它与宗教场所所需要的采光有着相似之处。

图 30　富春江畔一个朴素的空间

图 31　美国俄亥俄州大学的图书馆

生活的空间成为一种考察世界的方法

在现象学家海德格尔和胡塞尔的世界里，生活世界开始浮现，到了列斐伏尔的《日常生活批判》中，日常生活成为被批判的对象。在20世纪下半叶，列斐伏尔写此书的背景是：在晚期资本主义社会中，前工业社会中人对自然、暴力统治的直接恐惧不见了。今天的人们与过去不同，生活在一个无法逃脱的符号化、抽象化、功能化时代。列斐伏尔把日常生活的琐碎细节作为其分析的出发点和指引，这一日常生活的经验为商品侵入，被非本真遮蔽，但它呈现为抵抗和更新社会生活的基础。日常生活具有可能性，"可能性"这一列斐伏尔常用的词语蕴含了变革的需求，他始终坚持，今天的社会解放一定是总体性的，是日常生活的节日化、艺术化与瞬间化。

在日常生活空间意识的重新建构中，遇见他者也便具有了别样的诗意。它用来解构存在主义那些不切实际的、妄图以一种个人主义泯灭的悲剧感来统摄一切生活的意图，它重新把怜悯、爱和对他人的关怀，拉回到我们的感觉系统中来，成为永恒的驻足者。从"他人是地狱"到"关心他人"，也许只是一个空间的置换，就可以立竿见影地实现。

③ 生活的空间:内容和形式的组合

空间的内容和形式的组合,可以产生多维的、复杂的关系,也可以产生无穷的意义。正因为如此,审视空间是必要的。譬如,颓废之美、古朴之美,是不是我们的必需,是否与生命的本意背道而驰?

在一个看似现代化的城市空间里(譬如繁荣的华尔街和纽约曼哈顿地区所具有的一种属于资本主义文明的气质和形式),两者的组合既会使人产生疯狂的激情,也会使人产生厌世和绝望。这取决于人们不同的审美、价值和政治意义,取决于人们随着时间而可能改变的生活态度。一些人,总能在大城市里如鱼得水;而一些人,总是不能超越时代强加于他的悲剧性命运。

同样,在生活的世界里,厌恶绝不单单是针对空间内容和物质,还是由这片土地、这座城市和这个空间中的物质性(譬如陈旧和肮脏)和这片土地上不合时宜的观念所垄断的生活形态综合引起的。

在赞美和厌恶之间,横亘着多种可能性。正是有了人类感知世界的多样性和物质世界的多样性,所产生的对生活的感受才会大相径庭,才会如此多元。

譬如,我们周遭——周庄、乌镇、塘栖、西塘、同里、南浔古镇的古镇旅游，已经成为我们的生活符号之一。在这样的环境里，思考古朴之美是不是我们的必需，显得背道而驰。

在一些亚洲国家，陈旧有时候与美德相连。一个老人、一个守旧的人总是有意无意被文学作品和电影塑造为一个好人，而与他对立的则是唯利是图的人、金融市场里不劳而获的精英和投机商。在这种以传统的意识为主导的艺术作品中，传统的人最终成为英雄，或者最后以大团圆收场，证明之前所遭遇的都是误会和社会强加于他的不应有的“诅咒”。因此，在电影《恋恋风尘》《悲情城市》《风柜来的人》《海街日记》《东京物语》中，传统的人总是成为令人怜悯的主角，在他面临悲剧性的结局时，往往是电影高潮和升华的时刻。观众感知到：社会转型了，一代英雄正在落幕，或者成为虎落平阳式的人物。

因此，若要回答诸如“人类为什么与颓废之境/景产生情感的联系”之类的问题，答案似乎要从这个空间在整体面貌上是否给人带来安逸之情（抑或相反的暴发户式的矫情）这样的感受中得来。

住在这样的空间里是否内心愉悦，只有它的主人才可以评判，只有具有日常生活的诗学这样的视角，才可以客观衡量之。

在苏州平江路行走，面对老宅（见图 32），游客会有这样的感受：时间是否停滞？让时间停滞，是人类亘古的战胜时间的梦想，也是一种势必失败的悲壮事件。《堂吉诃德》《发达资本主义时代的抒情诗人》正是在这样的悲剧性情怀中，构筑了它们各自的主题。它们的主题虽然相隔甚远，但是在暗地里它们的血脉是相通的。

(a)

(b)

图 32　苏州平江路历史文保区

在这个生活的世界里，一切看似安逸无比。老百姓在这里坦诚生活世界的一切，他们没有秘密。这里看似有一种高度自然的生活样态，但也有着一种千篇一律的被规约了的集体生活。这里的百姓如果要开店，也只能与非遗、餐饮和苏州的古老文化发生关联，切不可引进太多所谓的“西洋镜”。

但是，在这里溜达久了或者生活久了，人们心中也会泛起一种厌倦之情。于是，一个古老的属于审美疲劳的问题，就会冒出来——在苏州平江路附近的街区里，老百姓生活在过去的时光中吗？他们真的可以被冠之以居民的称呼吗？

在这里，缓慢是一种美德。但是，它可以永远是美德吗？

这种诘问，也是对空间性质和空间属性（是否可以永远保持不变）的一种怀疑。

4 抵御感官的贫瘠:生活空间的重新布局

在如何“重构生活空间”的话题里,人类可以做的其实很多。人类既可以在物质上提升空间的价值,也可以在形式上提升空间的设计和规划。这里,笔者要实验的是一种我们对于日常生活的夺回——姑且称之为“生活空间的重新布局”。

在(这个实验的)生活空间的重新布局范畴里,一种迥异于物质(内容)的生活艺术油然而生。它由两个坐标组成,第一个是空间的内容元素,第二个则是空间的属性。前者包括意象、布局、地理、大小、物理感受、文化属性、气质。对于后者,从低到高依次为:安全、情感、自我实现。其中,在安全的维度里,功能与性能,是你需要考虑的。在情感和趣味的维度里,陌生感、熟悉感,以及这个空间在多大程度上能给你提供一种情感需要的“附加值”,成为考量的依据。在这个维度里的空间的关系,最后都指涉一种类似风景的体验。无论这种风景是超越日常的美好风景,还是内心的风景的一种替代。在自我实现的维度里,空间成为你的道具,成为你的“生成中的诗意”的一种意象。

这个世界浩渺无比。譬如,哪怕我们选择情感和趣味的维度，也会发现，要穷尽它们难度很大。我们只能以案例分析的方法予以说明。

策略之一：住陌生城市酒店时想到的一些有用的方式。

在情感和趣味的维度里，情感和趣味的激发与增值成为我们行动的中心。无论一个建筑在空间、地理和格局上如何布局，具有怎样的特征，情感和趣味最终会成为我们考量的依据。

以下想法就是情感的显现：如何使空间的各种要素，迸发出一种诗意？这需要对元素（意象）进行一种自由、随意、直觉性和智慧的组装。如果我们拆解这种行为，可能里面的方程式是这样的：在地理位置上，它不能太边缘，但又不能离中心太近。而小城镇的中心，才是充满人间烟火味的地方，充满了步行街、各种百年老店和新开的时髦店铺组成的混合气息。除了物质性条件之外，环境的气韵、色泽、构图……也成为影响情感的综合性因素。我记录过如下的情感体验。

（1）在上海曾经的租界里（怀旧元素），穿着奇装异服，或者穿着正装，行走或者散漫地撒野，严肃或者随意，其中产生的对空间的感受是不一样的。

（2）同样是回到故里，是古代意蕴的衣锦还乡，还是现代意义上自然地、心无芥蒂地回乡……其意义系统已经发生很大的变化。正因为存在着不同的还乡的行为模式和图像，所以一个人选择怎么样还乡，完全成为一件可以创作的事情。

（3）住酒店这件事，也可以被打造成一种脱离日常乏味机制的“第三空间”混沌模式。别人忽略的细节之处，潜藏着无数建构生活的新感觉和新意义。别人从不在意酒店房间的布局，而我几乎每次都在意。我不是在意其外表的奢华或者富丽堂皇的程度，而是在意它是否具有情感和记忆的特征。离嘉兴高铁站不远（但是离市中心较远）的维也纳酒店，疫情期间我曾经来住过两次。在疫情之后，我再次造访嘉兴，依然选择了住在这家看上去温情四溢的酒店，连我选择的房间，都要求与上次入住时一模一样：位于二楼的一间靠北的标准间，站在落地窗前可以直接闻到公园里的植物散发的沁香——这种感觉组成了简约中的丰盈（见图33）。

图33　房间建构一种空间的附加值：情感记忆的连续性

我选择这家经济型酒店，是因为我来嘉兴的目的只是在写作过程中散散心，只是去寻找图书馆和书店购买几本课题参考书而已。这样，第二天，我的时间还是可以自由支配的，可以在荷花池塘边散步，随手拍摄这个荷花池里的枯枝败叶。

9月，是荷花凋零的季节。房间窗外的荷花池塘里，荷花难见，荷叶枯萎（见图34）。我在嘉兴郊区的维也纳酒店，度过了一个阅读之夜。第二天早上，我绕着酒店周围的圆弧线的马路慢跑。周末的商业区反而显得冷清。这份冷清，正好是跑步不受行人和车辆干扰的条件。

图34　残荷败叶，反而组成枯萎的、侘寂的美学

事实上，在（任何）旅途中，总有突如其来的美感从无法预料的地方迸发出来。正如在一部电影里，有时候美感的产生也是出其不意、颠覆认知和经验的。

策略之二：在海宁遇见一片树林。在旅途中，总能与一些意象不期而遇。

在海宁长安镇乘坐长安—九堡专线或者九堡—长安专线公交车，到东方学院东门下车，迈向杭海城际高铁，你会遇到突如其来的美感。譬如，有时候，你会在偏僻的城市郊区，遇见一片树林（见图35）。有一点是肯定的，在旅途中，你会看得更远。按照后现代均质化的原理，待在家里不是与旅行（或长或短）完全一样吗？所以，经过矫正，你的陈述变得客观了一点——在旅途中，人类感知大自然的多样性的意义产生了。这种意义的产生，从本质上而言，与居家的意义相当，只不过是意义的类型不一样而已。居家，具有一种沉静之美。旅行中所生成的意义，是意识受到风景的刺激而产生新颖感知的一种意义。生活中偶遇之重要性，确切地说，生活中"诗意空间"的偶遇，胜过获得帝王将相的尊荣。

策略之三：视角和风景的重构。

在我们乘车没有什么事情可做的时候，其实也不会无聊。因为在无意识中，你也可以建构出一种意义来。譬如，我常常观察一朵云的湿润指数，猜测下雨的概率。

在浙江境内的短途旅行中，我时常邂逅两条江（嵊州的澄潭江、新昌江），此处甚至是三江汇合地。这种开阔地带是我喜欢的城市空间，也是我倾注注意力的地方。这个怪癖一样的行为是我内心焦虑导致的——对开阔地带的向往。这种向往持久、坚韧、铿锵。对于热爱地理的人来说，水和城市结成了一种同盟，写就永恒的"诗意的栖居"。一个城市，如果有三江汇合处，那一定是座有灵性的城市。宁波如此，余姚如此，诸暨和嵊州亦如此。

图 35　生活中“诗意空间”的偶遇

在宁波的三江汇合地，在一座桥梁上面，我随手拍到这样的一幅照片：一艘在大江上或者京杭运河上经常可以窥见其身影的运输船，时刻与老外滩的建筑同时被纳入一个镜头（见图36）。此刻，给人的感觉就是一种包容性的文化。

这种地理的新颖感，由此导致的开阔之意识（发散和舒心），也只是交换了其他地理和地点的意义而已。要知道，日复一日，待在原地不动，也产生意义。譬如，陈旧的意义，身体生锈的感觉的意义，感知时间从手中流走的意义。

视角和风景的重构，也改变着我们作为观众的情感世界。譬如，在城市边缘，一个人在城市的原野里是一种孤独，也是一种旷世独立的诗学。

有时候，在大城市，经常可以看到一种个性的张扬，一个人的行为可以与其他人的行为有着差异重复的美学性质。譬如，此刻，有个人独坐在乔司（宜家边）一块杂草丛生的空旷之地，或是冥想，或是享受独处的时间，或是等待一辆明天才会来临的客车。你可以说，这个下午，都是他一个人挥霍的悠闲时光。你也可以说，这个人，可能被生活逼到了旷野之上，此刻，他正在经历生命中的痛。谁知道呢？谁愿意去打扰一个独处者的下午，独处者的生命时光！

在一个午后，我从宜家商场出来，看到了这个场景（见图37）。这是一个城市里的隐者，有大隐隐于市这样生活境界的人。我随手记录的这个场景，正如图片所展示的，一个人、一条狗、一棵大树以及一片城市里的原野，组成了一种生活的意义。这片原野的存在令人疑惑。它显然不是那些城市规划者们特意为市民留下的，它是一个规划和另一个规划之间的一次停顿，一

(a)

(b)

图 36　坐落在三江口的城市

次商业地产拍卖流畅线条之中的短暂的休整。我甚至肯定，这是一次城市规划的失败导致的短暂的市民福利，一片本来不该空出来的空地，暂时地种上了绿色的草皮。在不久的将来，这里依然会被建造万丈高楼的繁忙工地替代……因此，从这样的时间意义上看此处风景，看风景中固执的聪明的城市旅人——他是真正意义上的生活者，因为他读懂了时间的秘籍。你可以说，那是逃遁，也可以说，那是静谧的美。

图 37　在城市里，总是有惊鸿一瞥

我想，这些描述都可以，它们组成了解读这个生活横剖面的一种多样性词汇手段。

策略之四：在城市里感受异乡。

城市里有一种陌生感，而乡镇往往没有。

在城市里，街道的公共空间有一种可以容纳市民“捉迷藏”的条件，它会冷不丁露出一条迷人的小巷子。它容纳市民的世俗梦想，譬如在小巷子里开一家甜酒酿的铺子；譬如无所事事地，像波德莱尔一样在城市的深闺之中漫游、陶醉（不知道他的陶醉是由于物还是由于某个人),然后消失在某处另外一条小巷,另外一个带着幽暗气息的拐角处。这种小巷,或者通向一个文艺沙龙,或者通向一个朋友的寒舍、阁楼。大城市,因而具有一种小城市无法具备和生长的野性,用文字无法说清楚的野性。这种野性,或许是风土和人文景观的一种融合,或许是江海之间的混杂和汇合之地才有的一种驳杂性、开放性和"陌生感"。譬如,湖州市中心的一条街道(见图38)。虽然,它被铁栅栏隔开,显得有点拘束。但是,谁也无法否认,在国际大酒店的周遭,有一些建筑形态迥异的巷子。它们在大马路上的入口也是形态各异,组成了一种漫游或者溜达时所需要的地理美学基础。

图38　一个城市化的空间

有时候,这种异乡感,也来自与乡镇气质迥异的大型市场的商业感,这是一种夹杂着发达资本主义气息的异乡感,一种可以嗅到异域般的气味。譬如,我喜欢宜家,就是因为它像瑞典,或者它带有任何一个欧洲城市都具有的商业味道。在宜家,我有时候不买家具,仅仅去餐饮区消遣。它那广阔的空间,迷宫一般的布局,令我一入其中就无法快速脱身。于是,后来精明的我就开始学会在网上商城下单。但是,我还是经常来这里,因为一个说出来不怕大家笑话的事实,那就是在宜家我有一种身处异域的感觉。这种感觉与我身处英国时候的感觉是类似的。而且,这种喜爱,并不是一种崇洋媚外的心态作祟,而是对一种差异性文化、情调(简洁、自然的环境)的内心体验。在这里,我甚至闻到了一种航空港的气息,一种金属和文明相辅相成的混合物质。我还一下子叫不出这种物质的名字,但是,在我和大众之间,我相信存在这样的一种共同的体验,一种想去旅行的体验,一种对于文明的敞开的梦想。

这种怪异嗜好有时候到了无以复加的程度,譬如,有时候,我看到这样的照片(见图39),我会感动得热泪盈眶。一种秩序、一种商业理性,终于在我们的土地上生根。这种幸福感来得太突然、太真实。我知道我需要炫富。是的,当一些人在宝马车里哭泣,一个诗人嗤之以鼻,一个诗人走得更远,他竟然为宜家的一种金属味的大厅出入口、一种空旷感而流泪。当然,这是一种幸福的滋味。

策略之五:享受城市空间——街道的快乐。

同样,进入另一片陌生的土地,另一座陌生的城市,哪怕是一些著名的旅游城市、人文城市,也总会萌生失望和忧虑,包含了萌生在旅途上的忧郁、乡愁和孤寂。

图 39　遭遇宜家这样的空间

当你在一处生活久了，就有一种因消失了距离感随之而来的实在的体验——疲惫、厌倦、人际关系的羁绊……总之，行动的理由十分充足。在域外，你既可以收获一种类似全景式的俯瞰和收录的激情，也可以感知一种场景的快乐。

于是，你首先遇见像一个情人般的街道。只要你稍一思考，就会发现，一个人在街道上的快乐，包含伫立，与亲人同行和攀谈，友善地和朋友或者陌生人交谈、散步、慢跑，等等（见图 40）。

策略之六：在一个庸常的空间里读不庸常的文字。

余姚的阳明东路几百米的路两边，坐落着王阳明纪念馆、新华书店……更有一座山，矗立在城市的中央。那是城市的福气。

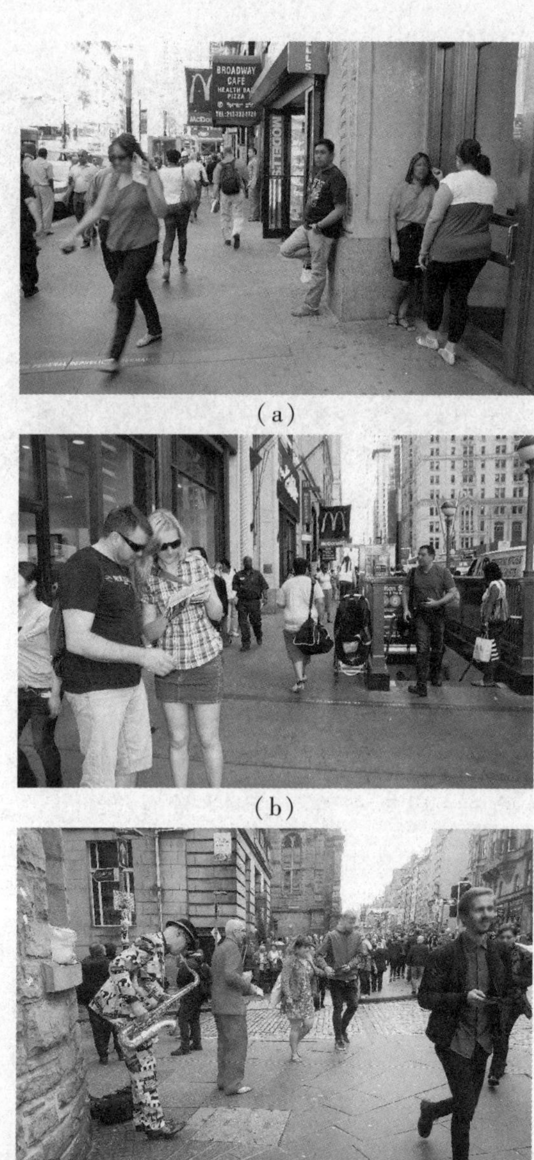

(a)

(b)

(c)

图 40　在美丽的街道上体会有意义的生活

杭州城里有宝石山，登山客可以俯瞰西湖。在余姚，山就在普通人的生活里。于是，早晨或者黄昏，爬山是必需的……我也想体验余姚人的快乐。于是，我也爬山，不过不是在清晨，也不是在黄昏，我是在下午行人寥寥的时刻完成爬山的。我看到树木葱茏，且有层次。在我来到这片陌生的土地之前，我没有想象过，城市和山之间，有这样的入口，像是一幅山水画，像是瑶池仙境。树木葱茏，蜿蜒，引导着你的足迹……

那一次，我带着纪德的《人间食粮》。于是，在山坡上的亭子里，我在木椅上放好双肩包和书，拿出还装有一半咖啡的水杯，边喝咖啡，边阅读着《人间食粮》中的优美句子：

忧伤无非是低落的热情。

关键是你的目光，而不是你目睹的事物。你所认识的一切事物，不管多么分明，直到末世也终究与你泾渭分明，你又何必如此珍视呢？

百叶窗紧闭，天光从下面的缝隙透进来，在白色天棚上映现草坪的绿油油反光。这暮色的幽光，是唯一令我惬意的东西，就好比一个人久处黑暗笼罩的洞穴，乍一走到洞口，忽见叶丛间透射过来的水色天光，微微颤动，是那么柔和而迷人。

从这天起，我的生命每一瞬间都有新鲜感，都是一种难以描摹的馈赠。

你明白瞬间的存在具有何等力量吗？不是念念不忘死亡，就不能充分评价你这生活最短暂的瞬间。难道你还不明白，没有死亡阴森森的背景作衬托，每个瞬间就不可能闪耀令人惊叹的光辉？

在那里，我第一次观赏到云彩在碧空中消散的情景，不禁十分惊讶，心想云彩不可能在空中消失，本以为会越积越厚，直到下起雨来。情况完全不同，但见云彩一片接一片消失，最后晴空万里。这是奇妙的死亡，消逝在虚空里。

我生活在妙不可言的等待中，等待随便哪种未来。我深知，就像疑问面对早已等在那里的答案一样，面对每种快乐而产生要享乐的渴望，总要先于真正的享乐。我的乐趣就在于每眼水泉都引我口渴；同样，在无水的沙漠里焦渴难忍的时候，我还是愿意受烈日的暴晒，以便增加我的焦渴。傍晚到了神奇的绿洲，那种清爽之感，又因盼望了一整天而格外不同。在浩瀚的沙漠中，烈日炎炎，温度极高，空气微微震颤，我仿佛昏昏欲睡，但又感到无法入睡的生命在搏动，在远处虽然抖瑟衰竭，而在我脚下却充满了爱。

有时，我乐不可支，真想找人谈一谈，说明快乐在我心中永驻的原因。

我随身带着面包，但有时等到饿得半昏迷时才吃；于是，我就更加正常地感知大自然，觉得大自然更容易沁入我的身心：外界事物纷至沓来，我敞开所有感官接纳，来者全是客。

我的心灵终于充满激情，而在孤独中，这种激情尤为猛烈；到了傍晚，就弄得我疲惫不堪。

就连虚假的欢乐给我们留下的这种疲惫，就连醒来时我们感到欢乐已凋残的这种眩晕，我也都喜爱。

我对常陪我到田野散步的米尔蒂说：像今天这样迷人的清晨，这雾气、这天光、这清新的空气，还有你这生命的搏动，你若能全身心投入进去，得到的乐趣不知要大多少倍。你以为乐在其中了，其实，你的生命最美好的部分被幽禁了，被你妻子、孩子、你的书本和学业所攫取，并从上帝那里窃取走了。你以为在眼前这一瞬间，就能直接、完全而强烈地感受生活，同时又不忘记生命之外的东西吗？你受生活习惯的束缚，生活在过去和未来中，不能凭本能感觉什么。米尔蒂，我们算什么，无非存在于这生命的瞬间；任何未来的东西还未降临，整个过去就在这瞬间逝去了。瞬间！你会明白，米尔蒂，瞬间的存在具有多大力量！因为，我们生命的每一瞬间，都根本无法替代。但愿有时你能专注于瞬间……（另外）上帝无论以什么形式出现，都是值得珍视的，万物都是上帝的形体。

5

存在一种空间的符码化，也存在着无处不在的第三空间

在现代化的道路上，城市空间必将越来越多地符码化。

但空间的符码化，也必然与第三空间的存在和广泛散布成为一种并行不悖的现象。第三空间存在的意义也在于此。

所谓第三空间，除了有“在二元对立之外，显现三元性或者多元性的”颠覆意义之外，还有“在固定的意义之外，显现弥散的含糊的意义”之意。譬如，它也包括在空间的不同实际功能之间穿梭的意义的间性——避世与张扬、显现与遮蔽、热闹与幽静，正如日本美学符号幽玄、物哀、侘寂所蕴含的只可意会而不可阐述的特征。

在中国，我们在日常生活中遭遇的日本美学家大西克礼所分析的幽玄、物哀、侘寂之空间美学，可能是一种赝品，一种只有在公园、高级餐厅才能够看见的事物，一种列斐伏尔眼里的第三空间。

这句话包含着两层意思。

(1)在中国，这种富含幽玄、物哀、侘寂美学的建筑，很有可能是假的。

(2)在中国，这种蕴含幽玄、物哀、侘寂美学的建筑，只有在与日本文化有着渊源的地方和处所才看得到。譬如，在王

阳明故居。

王阳明故居的建筑空间，和我住的经济酒店的陈设之间，完全等值。

譬如，拍摄于余姚的王阳明故居（见图41）。这个故居的空间，给人一种超越尘世之美的感受。这种感受与绍兴的鲁迅故居给人的超越现实之感是一致的、贯通的。图41聚焦于王阳明故居里的一个铺满石板的过道，这是封建时代大户人家的庭院和居室之间的过道，给人一种可以入世和避世的游刃有余之感觉。它僻静，一墙之隔之外，又是一个嘈杂的世俗世界，充满了市井的喧闹。它是一个被遮蔽的空间，因狭隘而美。这是一个美妙的建筑角落。在这个角落，我愿意居住下来。我愿意买下这个角落，写诗、缅怀王阳明先生。虽然，我知道，这种愿望是黄粱美梦。

图41　位于余姚的王阳明故居的过道空间

事实上,王阳明故居的任意一个过道、一个侧面,都是旅人思想栖息的地方。是的,哪怕它的外在性也有许多新的变化,譬如,如果你仔细观察会发现,在故居前,王阳明的青铜像比真实的身体高出1.5倍,看上去威武无比。这种高于真实人物的雕塑艺术方法超越国界。2013年,我在美国俄亥俄州大学参加一次学术论坛,继而在哥伦布市漫游时,就发现市政厅外的哥伦布雕塑,也是威武高大的——它足足有两个正常的欧洲人的身量。

哪怕是那么多有价值的文化和历史信息,蕴含在这些建筑上,换言之,这些建筑蕴含了如此多附加值,它们与我住的经济型酒店里的陈设仍是等值的。

异域之美,胜过天堂。这句话不是媚俗,也不是“不爱国”,而是人对陌生环境的天然向往所致,是我潜意识里对自己的背叛和逃避所致(换言之,我们总是舍弃自己,我们总是抛弃着一些东西——从曾经相爱的人,到曾经赖以生存的故土)。在中国,那种远离日常生活的建筑和空间,还有另外一层意思,那就是“异域美”。它本身就说明,它没有文化的基础和土壤,而是一个异乡的符号。也许,参观王阳明故居和鲁迅故居时,今日之游客,还可以感受到一种超越时光的诗意。

这里面的道理很简单。因为异域之空间,对于身处封闭空间的人来说,是一种第三空间。

空间是可以被局部地创造和组合的,从空间的符号学层面上看,空间既是物质世界和精神领域的所属品,也是第三空间的、私人的场所。

按照索佳对于第三空间的诸如“生活世界永远不能被彻底认知,然而关于它们的知识又能够引导我们在奴役中寻求变革、解放和自由”“它无以被明确归类和描画，其间心灵与肉体、私人与公共空间，以及谁在社群边界里边、谁在社群边界外边的区分，被消磨分散在真实和想象的日常生活的一个新的不同的空间里了”[1]的描绘，第三空间是展现生活广阔性的、边界模糊的空间。在这个边界模糊的、混沌的第三空间，电影中的街道，或者是一个过渡，或者是记忆和身体的一个触发的媒介，或者是类似拉美作家博尔赫斯在小说《阿莱夫》中所描绘的一个神奇的空间“阿莱夫”。

顺着索佳的理论路线，我们可以继续观察——一个空间无法声称自己对自己的主权，它说的话再多，也毕竟是哑语。一个空间无论如何跋扈，如何张扬，如何占据着城市的核心区域，其在物质和精神属性的背后，肯定有一种被当代权贵阶层的意识形态所忽视的地方，漏网之鱼这样的事物会产生。

在上海的安福路，许多餐厅和咖啡馆的布局吸引了众多的游客和城市文化的爱好者。这些店铺成为网红打卡胜地。这些胜地里就包括了安福路话剧中心前的一小块空地。这块空地因为在人行道的功能之外，又增添了一些其他的功能，因而得到许多人的青睐。

还有位于安福路和安康路交界处的曾经的“马里昂巴德咖啡馆”，现在的店主将之改造成露天剧场一样的敞开空间，在内外空间边界消弭的地方摆放桌椅。这样，顾客的消费和闲坐，其姿态就与观看或者表演一场话剧的氛围合二为一了，看上去真假莫辨。

---

① ［美］爱德华·索佳：《第三空间：去往洛杉矶和其他真实和想象地方的旅程》，陆杨等译，上海教育出版社，2005，第85-89页。

“粉丝”们从五湖四海赶来，其行为与参加一个严肃的活动、观看一场大戏无异。

一种对于布局空间的霸占、对于心灵的占据行为，就这样成为一份合法的事业。

我们引用列斐伏尔的话，可以说，这是三元性决定的日常生活模式的多样化。

6

作为现象的空间

另一种与本质上多元化的第三空间不同的空间，是作为现象的空间。

一个游泳者与故乡的大河、苍茫的夜幕组成了一种家园的感受，一种乡愁的浓浓哀伤之情（见图42）。在这个时刻、这个空间，这些元素组成了一种乡愁的意象。至于为什么这样的图像元素搭配会产生如此的情感和感受，没有任何理性的语言可以精辟地道出。相反，我们只能求助于海德格尔，求助于胡塞尔。

图42　游泳者、大河，以及苍茫的夜幕

正如海德格尔对荷尔德林的诗歌(譬如《如当节日的时候……》)的阐述中,发现了一种不能以逻辑推断来描述的美。这种美,是早餐、田野、自然、大地组成的图像,是无法用言语来表达的,它“无所不在,令人惊叹”,它属于“强大圣美的自然”,它是“神性”的,与上帝融为一体。在这里,海德格尔放弃了推论,也放弃了文学理论的术语,而是尽量还原这首诗所呈现的实在:“荷尔德林把破晓称为万物中现身的澄明的照亮。而所照亮的光的苏醒却是一切事件中最寂静的事件。”

换言之,正如海德格尔在荷尔德林的诗句中,找到了他一直推崇的静默和缄默的力量,在富春江上的夜幕初降时分的游泳者,这静默的一幕,但说出了一切的这种旷远感。这是大地的静默所赋予的东西。因为“自然安然不动”。

阿彼察邦的《记忆》在杭州上映时,我去杭州钱塘区最好的影院之一——印象城百老汇电影院观看。时间是某个中午。偌大的影厅里,只有少数几个观众。空荡荡的座位,显得寂寥和无人问津。电影的节奏非常缓慢。在两个半小时的电影中,大部分场景是一种记录式(或者伪记录式)的影像。某个场景中,镜头的位置组成一个描述的单元。因为镜头的放置往往构成一个在这部电影里才成立的场景。镜头和场景几乎等同,几乎没有在镜头内的场面调度。巴赞所言的场景段落,在阿彼察邦的电影中作为标志性的镜头语言而存在。我在影院里睡着了。醒来,电影依然在讲述主人公那些稀松平常的生活切片,一个人类学家考察和采访土著社会的线索。这条线索占据了整部电影时长的2/3。最后,在电影的结尾处,我看到了一些带有神话色彩的内容。除此以外,电影几乎成了监控器,或者经过伪装的监控器。电影似乎一刀未剪，静默也被百分百地放置在电影中。

另一种现象是苍茫空间中的天籁和噪声——声音空间。

天籁，就字面意义来讲，是对于人类不能描绘的声音现象的还原。这种声音连接上天。在现象学里，与海德格尔所言的沉默是我们栖居的一种状态接近，中国语境里的天籁之声，即人类不发言而自然发言之意。实际上，对于它的确切含义，我无从考证。譬如，考证它是否出自对于古代宫廷里的妙不可言的丝竹之声，以及乐师们高超技术的赞美。我只有从今天的音乐入手来理解天籁之声。譬如，从巴赫、莫扎特的演奏中辨别这些伟大音乐家的谱曲水准和演绎能力，以及在今天的灵魂歌手（譬如恩雅）和通俗歌手的作品中（譬如王菲的《岁月》和梁咏琪的《中意他》）获得一点点认知。

另外，在人声消失的地方，还存在另一种噪声。有一种天人合一的声音，糅合了人类文明的精华，糅合了宇宙的寂静无声，糅合了人类自身声音的极限性。在电影《星际穿越》中，地球上绝望的女儿，与他那在天际黑洞边缘或者四维空间里行走的，为拯救地球毁于一旦而毅然承担探险任务的生死未卜的父亲，打了一通不同时的星际电话。女儿的语音和视频，要过好些年才能被在四维空间里的父亲截获。在这个场景中，我们看到，女儿已经成长，父亲则有可能还只是出走时的模样。女儿沙哑的声音，在星际之间信息交流产生的噪声下，用那带着怨恨、抱怨、希冀的口吻说："父亲，你如果听得见我说话……"接下来，女儿说了一些日常的、鸡毛蒜皮的琐事。噪声，在此刻制造了我们这个年代最为迷人的声音风景。

这是一个让人毫无防备的感动时刻。这是毫无疑问的、没有折扣的女儿对父亲的爱。看起来残缺的声音(电影展现的是父亲截获了一个残缺的视频),不断被宇宙的浩渺、漫长的距离而损耗的声音,断断续续的声音,却建构了不断加深的情感和爱。噪声,增添了感动的强度,似乎要在已经打开的泪腺之中,再次投下一枚催泪瓦斯、一枚有着原子弹般威力的爱的炸弹。噪声,在这里(一部小型的戏中戏中),实现了一种功能,一种辅助的角色,一种让人努力要掰开它继而可以感受的带有叙事和伦理功能的"障碍性道具"和"剧情碎片"。正如一个孩童在喧嚣的街市中,看到了久未联络的失踪父亲的身影。他要去追踪,可是,建筑物中的帷幔遮蔽了他的视线,他拨开这道帷幔,以毫不犹豫的脚步,继续行走在父亲留下的轨迹上。哪怕这片街市满地狼藉、大雾弥漫,孩童追寻父亲的步伐依然坚实、铿锵,仿佛附上了神力,带上了集体主义乐队才能发出的乐声。

梦境也具有一种穿透现象抵达本质的能力。从塔可夫斯基电影《乡愁》中的两幅剧照(见图43),我们看到了故乡和异乡,以及被雾气遮蔽的晨霭之光和落在敞开的建筑上的明亮的光。似乎,塔可夫斯基让童年和当下同时出现在故事主人公心灵的底片上。如果哪一部电影被观众视为恍如梦境,那它就是上乘之作。塔可夫斯基的《乡愁》展示给我们的影像,就能让我们感到似乎这是梦境中的场景。如此说来,《乡愁》抵达了人类精神世界的两极,也揭示了存在的厚重和被揭示之时的恐怖。从本质上看,这是一首诗歌。因为在诗的自由构成领域里,可能事物变成实在(即现实事物之变成理想)显示出一个梦的本质特性。这种别具一格的梦使得可能事物变得更具存在特性……海

(a)

(b)

图 43　塔可夫斯基电影《乡愁》中的故乡和异乡

德格尔因此这样絮叨:“这种梦向诗人显示出来,因为作为这种可怕的神性的非现实事物,梦乃是神圣者的不可预先创作的诗歌。”①

与其说塔可夫斯基在拍摄一部电影,不如说他在还原我们人类精神世界的原型符号,或者按照现象学家海德格尔的说法,塔可夫斯基的这部《乡愁》,很可能如同荷尔德林的诗歌《追忆》一样,揭示了梦想的核心。这样说来,这部电影让我们返回到了梦想和我们开始的地方。

梦就是日常生活中的晶体,它抛弃被誉为希腊精神当中的一个母题,或者希腊意义上的最高理智——反思。

换言之,梦就是生活的达成。

---

① [德]海德格尔:《荷尔德林诗的阐述》,孙周兴译,商务印书馆,2014,第196页。

参考文献

[美]爱德华·索佳:《第三空间:去往洛杉矶和其他真实和想象地方的旅程》,陆杨等,译,上海教育出版社2005年版。

[德]弗里德里希·尼采:《查拉图斯特拉如是说》,钱春绮译,生活·读书·新知三联书店2007年版。

[德]海德格尔:《荷尔德林诗的阐释》,孙周兴译,商务印书馆2014年版。

[德]韩炳哲:《美的救赎》,关玉红译,中信出版社2019年版。

[法]亨利·列斐伏尔:《日常生活批判:全三卷》,叶齐茂、倪晓晖译,社会科学文献出版社2017年版。

[英]迈克·克朗:《文化地理学》,杨淑华、宋慧敏译,南京大学出版社2005年版。

洪治纲:《中国新世纪文学的日常生活诗学》,安徽教育出版社2020年版。

梁漱溟:《如何才能合理痛快地生活》,江苏凤凰文艺出版社2023年版。

刘悦笛:《生活中的美学》,清华大学出版社2011年版。

刘悦笛主编:《东方生活美学》,人民出版社2019年版。

钱穆:《论语新解》,生活·读书·新知三联书店2018年版。

朱光潜:《无言之美》,北京大学出版社2005年版。

后 记

从认知、行动,到时间和空间,四个维度的生活重构,到此告一段落。

最后,笔者尚需赘言几句。

生活世界被我们忽视已久。无论是在儒家伦理世界,还是在现代性浸淫下的物质世界,生活世界是被遮蔽的。它们与文学世界、文化象征世界,虽然有着重叠和交叉的部分,但是在道德一统或者金钱一统的时代,它们是沉默的。

而且,它因为自身的缄默之特征(这种特征与戏剧和电影艺术具有的代言性质及影像师操纵叙事的特征相似,它们的共同点是"均不自己发声"),导致了自古至今国家机器和意识形态对其的漠视。不仅在我们的典籍和史书中,很难看到它的身影,在我们的传统文化的深处,它也是宏大叙事的附庸。自从西方的形而上学遭到毁灭性的澄明之后,生活世界的重要性逐渐浮出水面。在大多数人意识到世界竞争对身心的侵害和压迫之现状下,人们对生活世界的建构之欲望、企及之能力、思考之语境,都已经丧失殆尽。其中一个现象就是:在当下的社会中,马克思所批判过的资本主义社会中的"异化",不仅没有在我们的生活中消除,反而随着近几年全球化的演绎和科技现代化水平的提高，有愈演愈烈之势。

本书迥异于列斐伏尔的《日常生活批判》、马尔库塞的《单向度的人》中的理论书写，而用感性之道触摸一种中国人的日常生活，抵御“异化”（僵化、符号化、象征化），让人回到最高意义的生成者——日常生活的意义生成者的位置。本书要传达的，正是生活世界存在这种重构的可能性和必要性。在“去西方形而上学”的尼采、海德格尔、维特根斯坦和福柯的哲学路径里，在美国实用主义思想的影响下，本书按照“认知”“行动”“时间”“空间”四个板块，建构笔者眼里的日常生活诗学。

最后，笔者想说的是，虽然它们看似用四个维度的思考，建构了笔者所谓的日常生活。但是，就其篇幅而言，实在属于“小家碧玉”，尚不能跟列斐伏尔之辈的洋洋80万言巨著相提并论。对于我们日常生活领域，尚在意义的门槛之外踯躅的“浪子”，或者罹患各种心理和精神疾病的都市人，也许这10万字的小书，也不能起到治疗的功能。

对于此，笔者也只好说声抱歉。日常生活的重构，除了上述四个从认知到行动的建构，也需要心灵世界的悟道和灵光一现。现代人的生活建构，某种程度上，是与各种垄断企业在生活领域里赛跑，继而取得个人意义上胜利的行动。

或者也可以说，日常生活的重构，就是在一天的时间维度里，内爆为一个一生般大小宇宙的——需要想象力和理智共同完成的爱的使命。